光文社文庫

長編推理小説

# 十津川警部 トリアージ
# 生死を分けた石見銀山

西村京太郎



光　文　社

# 目次

第一章　救急の時　5
第二章　あるグループの存在　42
第三章　標的は十津川　78
第四章　石見銀山　116
第五章　十億円　149
第六章　最後の取引　190
第七章　最後の挨拶　228

# 第一章　救急の時

## 1

警視庁捜査一課の十津川《とつがわ》には、今でも、心に重くのしかかっている事件があった。

去年の九月二十日に、起きた事件である。

犯人の名前は、横山浩介《よこやまこうすけ》、三十歳。

横山の犯行は、その二ヵ月前から始まっていた。拳銃《けんじゆう》を使った、連続殺人だった。

横山は、殺人を犯して服役していたが、三ヵ月前の六月三十日に出所したばかりだった。

彼が、どこで、拳銃を手に入れたのかは分からない。

出所一ヵ月後の、七月二十日に、最初の事件が起きた。夜の十時十二分、京王線明大前《けいおうせんめいだいまえ》駅近くのバーで飲んでいた、近くの会社の社員、三村進《みむらすすむ》、二十六歳が、その店を出たところ、撃たれて死亡したのである。

三村は、正面から、二発撃たれており、一発は胸に、二発目は、腹に命中していた。すぐに救急車で病院に運ばれたが、その五分後に死亡が、確認された。

この時は、目撃者がなく、犯人は不明なままだった。

その一ヵ月後の、八月二十日、午後七時三十分頃、京王線の、上北沢《かみきたざわ》駅で降りたＯＬの溝口明美《みぞぐちあけみ》は、いつものように、自宅のマンションまで、歩いて帰ることにしていた。

駅からの距離は、約十五、六分。別に寂しい場所ではないので、怖いと思ったことはなかった。商店街を歩いている時は、同じ上北沢で降りた、通勤の客が何人もいたが、商店街を抜けると、さすがに、人の数は、少しまばらになる。

あと少しで、自宅マンションというところまで来た時、突然、明美は、正面から撃たれた。

弾丸は、胸に当たった。明美が倒れる。

何か叫ぼうとして、立ち上がろうとした時に、二発目が命中した。

この時も、救急車で運ばれたが、病院に着いた直後に、死亡した。

しかし、この時には、目撃者がいた。

被害者、溝口明美と同じく、帰宅途中の、サラリーマンだった。

三十五歳のそのサラリーマンは、こう証言した。

「犯人は、背の高い男でした。撃った後、別に走って逃げるわけでもなく、落ち着いた態度で、近くに停《と》めてあった車に乗って、走り去りました。車に乗る時、そばに街灯があったので、その光のおかげで、顔が、はっきりと見えました」

彼の証言で、犯人の似顔絵が描かれた。

犯人が、乗って逃げた車のナンバーも、はっきりと覚えていた。

その似顔絵から、犯人は、六月三十日に、府中《ふちゆう》刑務所を、出所したばかりの横山浩介、三十歳と判明した。

死体から摘出された弾丸から、一ヵ月前の、七月二十日に、明大前で殺されたサラリーマン、三村進を撃った、同じ拳銃を使用したものと判明し、この犯人も横山浩介に違いないと、推察された。

翌八月二十一日、目撃者が証言したナンバーと、同じトヨタのクラウンが、多摩川《たまがわ》の河原で発見された。盗難車だった。

運転席から、横山浩介の指紋が、検出された。ハンドルやドアの指紋を、消した形跡がなかったから、横山浩介は、自分が殺人犯であることを、別に隠す気はなかったらしい。

## 2

十津川は、横山浩介と、二人の被害者の関係を調べてみた。

いくら調べても、三人の間には、何の関係も見つからなかった。つまり、横山浩介は、誰を殺してもよかったのだ。そうとしか、考えられなかった。拳銃を使った無差別殺人である。

それに、横山は、第一の被害者、三村進に対しても、第二の被害者、溝口明美に対しても、二発ずつ、撃っている。いわば、とどめを、刺しているという感じだった。

それは、被害者に対する憎しみではなくて、いってみれば、社会に対する憎しみを、二発の弾丸に込めているのではないかと、十津川は解釈した。

捜査本部の意見は、横山が、二人で殺人を止《や》めるとは思えない。続けて、また殺人を犯すだろうということで一致していた。

十津川は、二つのことに、注目した。

一つは、二十日という日にちである。

第一の殺人は、七月二十日、第二の殺人は、八月二十日である。あるいは、犯人の横山にとって、二十日という日にちには、何か、特別な意味があるのかも知れない。

もう一つは、殺人の場所だった。

どちらも、京王線の沿線になっている。犯人の横山が、京王線の沿線に、隠れているということも、考えられた。

そこで、十津川は、翌月の九月二十日に、犯人は第三の殺人を犯すのではないか？　その場所は、京王線の沿線ではないかと、考えた。

九月二十日は、朝から、台風九号が関東に近づいていると、報じられた。関東地方に最も近づくのは、深夜零時頃という予報だった。

それでも、十津川は、九月二十日に、京王線の沿線で、第三の殺人が、起こるような予感がして、仕方がなかった。

午後六時、東京都調布《ちようふ》市の、公民館に、五人の男女が集まっていた。全員が二十七歳か、二十八歳の高校時代の同窓生である。

高校時代、音楽部に所属していた五人で、一週間後に、この公民館で、音楽会を開く、その打ち合わせだった。

本当は、十人集まるはずだったが、この天候なので、五人しか、集まらなかったのだ。

男が三人、女が二人である。全員が、大学を卒業し、今は、社会人になっている。

女性二人のうち、木村博美《きむらひろみ》は、すでに、結婚していた。

午後七時を、過ぎたところで、風が強くなってきたので、そろそろ、会合を切り上げて、散会することにした。それが午後七時五分である。

五人が、帰り支度を始めた時、突然、一人の男が、入ってきた。

長身のその男は、いきなり、拳銃を取り出すと、五人の中の一人、木村博美に向かって、引き金を引いた。

銃声が響き、弾丸は木村博美の胸に命中し、彼女は、悲鳴を上げて倒れる。起き上がろうとすると、続けてもう一発。その時、公民館の警備員が、銃声を聞きつけて、飛び込んできた。

五人の中の一人が、火災報知器を鳴らした。

警備員は、後ろから、犯人に組みついていった。

犯人は、警備員を投げ飛ばすと、警備員に銃口を向ける。

その時、犯人に向かって、三宅四郎《みやけしろう》、二十八歳が組みついた。三宅は、大学時代に、ラグビーをやっていたので、腕力には、自信があった。

しかし、犯人は、拳銃で三宅の顔を殴《なぐ》りつけると、倒れた三宅に向かって、拳銃を発射した。

弾丸が、三宅の左足に、命中した。

その頃、すぐ近くの、調布警察署に、待機していた十津川たちは、公民館で、何かがあったことに気がついた。火災報知器が、鳴ったからである。

十津川は、部下の刑事たちと一緒に、公民館に向かって、駆け出していった。

公民館の前まで来た時、中から飛び出してきた若い女性が、中で、友人が撃たれたと叫んだ。

十津川たちは、拳銃を取り出して、公民館の中に飛び込んでいった。

三宅四郎に向かって、二発目を、撃とうとしていた犯人、横山浩介を見つけて、十津川が、拳銃を発射した。犯人の横山が、跳《は》ねるように、床に倒れていく。

手に持っていた拳銃が、投げ出された。それを、西本《にしもと》刑事が、素早く奪い取った。

「救急車を呼べ！」

十津川が、大声で、叫ぶ。

警備員が、救急車を呼んだ。

なかなか、その救急車が来ない。
十二、三分して、救急車が一台だけ、やっと到着した。
降りてきた救急隊員に向かって、十津川が、

「負傷者が、何人もいるんだぞ。なぜ、一台しか来ないんだ？」

と、怒鳴《どな》った。

救急隊員が、

「この嵐で、木が倒れたり、瓦《かわら》が飛んだりで、負傷者が何人も出ているんですよ。そちらに、何台もの救急車が向かっていますので、こちらには、一台しか来られません。とにかく、一人運びますから」

と、いう。

十津川は、周囲を見回した。

血を流して倒れているのは三人。先に撃たれた木村博美は、すでに、絶命していた。残っているのは、犯人の横山浩介と、足を撃たれた三宅四郎の二人である。

「どっちを先に運ぶか、早く決めてください」

救急隊員が、怒鳴る。

「君が、決められないのか？」

「いえ、私は、医者じゃありません」

救急隊員が、また怒鳴る。

刑事たちもじっと、十津川を見ていた。

犯人は、胸を撃たれている。撃ったのは自分だ。早く病院に、運ばなければ、死んでしまうだろう。

三宅四郎が、撃たれたのは、左足である。確かに、血を流しているが、すぐには、危険ということはないだろう。

十津川は、迷った末に、救急隊員に向かって、

「あの男を、運んでくれ」

と、横山のほうを指差した。

3

犯人の横山浩介は、緊急手術が間に合って、一命を取り止めた。

十五、六分遅れて、病院に運ばれた三宅四郎は、命だけは、助かったものの、左足のヒザから下を、切断することになってしまった。

この事件が、というよりも、この時の、十津川の判断が、後になって、問題になった。

「被害者の生命よりも、犯人の生命のほうが大事なのか？」

と、書いた新聞も、あった。

テレビで、ある評論家は、こういった。

「犯人の横山浩介が、連続殺人事件の犯人であることを、警察は、最初から知っていたはずである。横山は、すでに七月二十日に、サラリーマンを射殺し、八月二十日には、帰宅途中のOLを、射殺している。そして、今度の事件である。三人目の女性が、殺されているのだから、犯人の横山浩介の死刑は、決まったようなものではないか？　それなのに、間違いなく死刑になるであろう、犯人を助けて、どうして、罪のない被害者、三宅四郎氏を、救急車に乗せなかったのか？　被害者は、この事件のために、左足を失っている。誰が見ても、警察の措置《そち》は、おかしいのだ」

三人も殺した横山浩介は、確かに、死刑を免《まぬが》れないだろう。何の理由もなく、次々に三人もの尊い命を、奪ったのである。同情の余地はない。

裁判官は、間違いなく、死刑を宣告するだろう。

そんな犯人を、助ける必要があるのかという意見には、賛成をするものが、多かった。

また、ある新聞は、こう書いている。

「犯人、横山浩介を、先に救急車で、病院に運ぶことを、指示したのは、警視庁捜査一課のTという警部である。警部は、現場に駆け付けた時、犯人の横山浩介を、撃っている。自分が撃ったということで、後ろめたさと、どこかに犯人に対する同情心が湧《わ》いて、それで、被害者よりも、犯人のほうを、先に助けようと思い、救急車に、乗せたのではないかとも考えられる。そんな個人的な、感情を刑事が持っていていいものだろうか？」

この記事が、十津川には、いちばん辛かった。

あの時、横山を撃ったのは、確かに自分である。そのことが、あの時の決断に、影響していたのかも知れないと、自分でも、悩んでしまうからであった。

こうしたマスコミの非難に対して、警視庁としても、見解を、発表した。警察が下した判断は、間違っていないといった、通り一遍《いっぺん》の見解である。

しかし、その後も、この事件と、十津川が下した判断に関しては、いろいろと批判が残った。

横山浩介が、起訴され、予想通り、死刑の判決が下されると、また、事件が蒸し返された。

批判は前と同じもので、なぜ、死刑になると決まっている人間を、助けたのか？　どうして、被害者の救助を、後にしたのか？　そういう批判だった。

新しい年になっても、時折、同じような批判の言葉が、週刊誌などに載ることがあった。

そんな時に、十津川は、突然、刑務所に入っている横山浩介から、会いたいと、告げられたのである。

# 4

判決に対して、横山は、控訴《こうそ》をしていないから、死刑は、確定している。

十津川は、迷った末、府中刑務所へ、横山に、会いに行くことにした。

横山は、笑顔で、十津川を迎えた。

「俺《おれ》のせいで、いろいろと、批判されているようじゃないか」

横山浩介は、そんなことを、笑顔でいうのである。

「そんなことをいうために、私を呼んだのか?」

十津川は、少しばかり、腹が立った。横山に、感謝されたくもないし、批判されたくもない。

「そう怒りなさんな」

横山は、まだ笑っている。

「早く用件をいえ」

「今の大臣は、死刑が好きみたいだから、俺はまもなく、死刑になるな。だから、その前に一言、お礼がいいたくてね」

と、横山は、いった。

「君に、礼なんか、いわれたくない」

「そういわずに、ぜひとも、あんたに聞いてもらいたいことがあるんだ」

「何だ？」

「あんたは、石見《いわみ》銀山というのを知っているか？」

「ああ、知っている。この間、世界遺産になったところだ」

「そうらしいな」

「その石見銀山が、どうしたんだ？　君の故郷か？」

「いや、そんなもんじゃない。ここに入っていて、あることを、耳にしたんだ。石見銀山を爆弾で、吹き飛ばそうという計画がある」

と、横山が、いった。

笑いは消えていたから、冗談でいっているのではないことは、分かった。

だが、あまりにも、現実離れしている話だったので、十津川は、すぐには、信じることができなかった。

「いったい、誰が何のために、石見銀山を、爆破しようというんだ？」

「そんなこと、俺に分かるもんか。たぶん、石見銀山が、世界遺産になったことに、腹を立てている人間がいて、そいつが、そんなことを企《たくら》んでいるんじゃないのか？　俺が死《し》刑囚《けいしゅう》なので、俺には、聞こえてもいいと思って、俺が聞いているのも、構わずに、話したんじゃないかと思うがね。誰が話したのかは、分からない」

「本当に、分からないのか？」

「ああ、分からない。それに、そいつはもう、刑務所を、出ているかも知れないぞ」

横山は、意味ありげに、いった。

「どうも、あまり、信用できる話じゃないな」

十津川は、その話を、上司に、報告する気にはなれなかった。あまりにも漠然《ばくぜん》としすぎていたし、横山浩介が、どういうつもりで、わざわざ、十津川を、府中刑務所まで呼びつけて話したのか、その真意が、分からなかったからである。

「君に、聞きたいことがある」

「なんだ？」

「君は、出所後、三人の男女を殺した。最初は、七月二十日、二度目は八月二十日、そして、三度目は、九月二十日だ。毎月二十日に殺している。二十日ということに、何か意味があるのか？」

十津川が、きくと、横山は、笑った。

「偶然だよ。俺自身、あとになって、二十日だったと気付いて、びっくりしているんだ」

「ウソだな」

と、十津川は、いった。彼が、二十日ということに、何か意味があるのかと、いった時、横山の眼が、暗く光ったからである。

「いや、何か意味がある筈《はず》だ」

「あんたは、考え過ぎるんだよ、多分。それが、刑事としてのあんたの欠点だな」

横山は、また、笑った。

その一ヵ月後の三月三十一日に、横山の死刑が、執行された。

彼の遺品が、なぜか十津川の元に、送られてきた。死刑が執行される直前、十津川という警視庁の警部に、渡してもらいたいと、横山浩介が、いっていたからである。

遺品といっても、一通の手紙だけだった。遺品というよりも、遺書といったほうが、いいかも知れない。

便箋《びんせん》一枚に書かれた、乱暴な文字の手紙だった。

「俺もいよいよ、この世とはオサラバだ。あと何人も殺してやりたかったが、途中で、あんたに、捕まってしまった。悔しいが、それでも一応、あんたに、命を助けてもらったんだから、お礼だけは、いわなくちゃいけないのかね？　この間、あんたに話したことは、本当だよ。あんたは、信じなかったみたいだけど、間違いなく、誰かが、石見銀山を爆破しようと考えているんだ。まあ、あんたは、そんなことは、どうでもいいというかも、知れないが、間違いないということだけは、いっておきたいんだ」

手紙には、それだけしか、書かれていなかった。

## 5

十津川は、この話を、上司に報告することを、まだためらっていた。その代わりに、亀《かめ》井《い》刑事に話してみることにした。

概略を亀井に話し、遺書を見せてから、

「カメさんは、この話、どう思うね？　信じられるかね？」

亀井は、しばらく、考えていたが、

「どうも信じられませんね。マユツバじゃないですか？」

と、いった。

「君が、マユツバだと思う理由は、何だい？」

「横山は、府中刑務所に入っている間に、その話を、聞いたわけでしょう？　ということは、相手は、あの刑務所に入っている囚人の一人と、いうことになりますよね。それが、あいつが憎いので、刑務所を出たら、絶対に、殺してやるということならば信じられますが、石見銀山を、爆破するというのは、どうもよく分からないんですよね。刑務所の中で計画したって、出所した後で、やるわけでしょう？　そんな話を、いったい、誰に話したんでしょうか？」

「ひょっとすると、そいつはもう、府中刑務所を出所しているかも知れないね」

と、十津川が、いった。

「それならば、可能性はありますが」

十津川は、横山浩介が、府中刑務所に入ってから、今までに、出所した囚人が、いるかどうかを、調べてみることにした。

所長の話では、該当《がいとう》するような人間は、一人もいないという。

「どうやら、カメさんのいう通り、マユツバの話らしいね」

十津川が、いうと、亀井は、笑って、

「そんなことだろうと、思っていましたよ」

「しかし、なぜ、そんなウソを、横山は、私に話したんだろう？　死刑になる寸前に、この手紙を、書いているんだ」

「警部は、これから死ぬ人間が、ウソなんかつかないと、そう考えて、いらっしゃるんでしょう？　しかし、横山のように、死ぬ間際になっても、まだ平気でウソをつくような人間もいるんですよ」

「カメさんは、それが、横山浩介という人間の本質だと、いうんだね？」

「ああいう男は、普通の人間とは、考えることが違うんですよ。最後まで、人をからかってやろうと、そんなふうに考えて、警部のことを、騙《だま》したんじゃありませんか？　自分を信用して、捜査一課の警部が、石見銀山が、いつ、爆破されるのかと思って心配している。そんなことを想像して、笑ってやろうと、思ったのかも知れませんよ」

「そんなものかね」

まだ、十津川は、完全には、ウソだとは信じられなかった。

「ああいうヤツなら、そんなことぐらい、平気で思いつくはずだと、思いますよ。死ぬまで、社会に腹を立て、警察と、警官を憎んでいるものですからね。警部に、命を助けられたことだって、別にありがたいとは思っていなかったんじゃないですか？」

「別に、あの男に、感謝されようと思って、助けたわけでは、ないんだがね」

と、いったまま、十津川は、黙り込んでしまった。

それでも、十津川は、やはり気になって、府中刑務所での、横山浩介の行動を、所長に聞いてみることにした。

横山は、独房に入っていた。

また、死刑囚なので、ほかの囚人とは、別の運動時間に、なっていた。

刑務所内の工場でも、仕事はしていない。

「面会も、弁護士を除いては、一人もありませんでした。裁判の時、横山の弁護を、引き受けた弁護士が二回、会いに来ただけですね」

と、所長が、いった。

その弁護士の名前は、戸川《とがわ》といい、三十五歳の若い弁護士である。

十津川は、東京弁護士会に所属している、その弁護士に会ってみた。

「死刑になった、横山浩介のことなんですが、戸川さんは、死刑が確定してから、府中刑務所に二回、面会に行ったと、お聞きしたのですが」

十津川が、いうと、戸川は、頷《うなず》いて、

「ええ、行きましたよ。彼は、控訴しないと、私にいったのですが、それを確認しようと思って、接見に行ったんです。まあ、三人も殺しているので、死刑は免れないと思っていたのですが、一応、控訴の権利はありますからね」

「その時、横山は、何と、答えたのですか？」

「裁判が、もう面倒くさくなったから、控訴はしない。控訴は、止めてと、いいました」

「その後、もう一度、会いに、行かれましたね？」

「ええ、いよいよ死刑が執行されるというので、最後に、何か、いい残したいことはないか？　どこかに、家族がいて、伝えたいことはないか？　それを、聞きに行こうと思いましてね。会いに行ったんです」

「その時、横山は、あなたに、何といったんですか？」

「俺には、家族なんていない。そういっていましたね。あと、十人も殺していれば、もっと、有名になっていたかもしれないなといって、ニヤニヤ笑っていましたね」

「それだけですか？」

「ええ、それだけです。別に、死刑になることを、怖がっていなかったから、度胸のあるヤツだなと、変に、感心したことを覚えていますね」

「遺品を誰かに渡してくれとか、いわれませんでしたか？」

「いや、何もいわれませんでしたね」

と、いってから、戸川は、

「それが、何か？」

と、聞いた。

「何か、秘密めいたことを、あなたにいっていませんでしたか？」

「いや、何も聞いていませんが」

戸川は、変な顔をして、十津川を見た。

「例えばですね、刑務所の中で、ほかの囚人が、誰かを、殺してやりたいとか、出所したら、何か大きなことを、やってやろうとか、そういうことを、話しているのを聞いたとかですが、あなたに、いいませんでしたか？」

「いや、全然聞いていませんが、そんな変なウワサがあるんですか？」

「いや、別に何もないのですが、ちょっと気になったものですから」

とだけ、十津川は、いった。

戸川弁護士が、横山浩介の弁護を、引き受けた時は、国選弁護人としてだった。ただ、三件の殺人については、横山浩介自身、否認していなかったし、死刑の判決に対して、控訴はしていない。

被告人の横山浩介は、戸川弁護士を嫌ってもいなかったし、どちらかといえば、信頼しているように見えた。

その弁護士に対して、何も、話していないというのは、やはり、十津川に話したこと、手紙に、書き残したことは、デタラメなのだろうか？

石見銀山については、十津川は、実際に行ったことがないので、本で読んだり、テレビで見た知識しか、持っていない。その知識によれば、石見銀山は、江戸時代、銀を産出して、徳川《とくがわ》幕府を、支えてきたといわれている。

その銀は、大正時代まで、産出されていた。

代官所のあった大森町《おおもりちょう》は、昔の風情《ふぜい》を残していて、石見銀山とともに、この大森町も、世界遺産に登録されている。

世界遺産に登録されてからは、観光客も多くなったと、十津川は、聞いたことがあった。

日本国内には、石見銀山のほかにも、世界遺産に、登録を受けようと運動している町や川や山などがあることを、知っている。例えば、富士山は、候補に上っているが、未《いま》だに、世界遺産には登録されていない。

富士山を世界遺産にしようと運動している人から見れば、石見銀山が、世界遺産になったことに、腹が立っているかも知れない。

どうして、富士山が登録されずに、石見銀山が登録されたのか？

それを考えると、腹も立つだろう。

そういう連中が、石見銀山を爆破しようとしているのだろうか?

十津川は、たまたま、夕食を共にした大学時代の同級生で、現在、中央新聞の社会部にいる田口《たぐち》に、石見銀山について、聞いてみることにした。

「世界遺産になった、石見銀山について、変なウワサを聞いていないか?」

十津川が、いうと、田口は、

「変なウワサって何だ?」

と、逆に、聞き返した。

「何といったらいいのかな。最近、石見銀山は、世界遺産になって、観光客が、増えているそうじゃないか? そのことを妬《ねた》んで、石見銀山を、爆破してやろうというバカなことを、企んでいる人間が、ひょっとしたらいるんじゃないかと、考えているんだが」

十津川は、いったが、どうしても、もって回ったようないい方に、なってしまう。

「いくら何でも、そんなことを考えるヤツは、いないだろう。世界遺産に、選ばれたからといって、何も、個人が、偉くなったわけじゃないんだ。石見銀山は、歴史的モニュメントとして、世界遺産になったんだ。歴史に腹を立てたって、仕方がないじゃないか」

「そういわれれば、確かに、そうなんだがね。石見銀山には、いわば、坑道があるわけだろう？　その坑道が、売り物になっているわけだ。最近、そこで何か事故があって、人が死んだとか、そういうことは、なかったんだろうか？」

「今のところ、そんな話は、聞いたことはないね」

「ないのか」

十津川は、少し、ガッカリした。

坑道に入った観光客が、死傷したということでもあれば、それを恨《うら》んでの、犯行と考えることも、あるのだが、何もなければ、確かに、石見銀山を、爆破する理由が分からない。

「世界遺産になったのは、石見銀山と、もう一つ、代官所があった大森町だと、聞いたことがあるんだが、君は、大森町が、どういう町か知っているか？」

十津川が、きくと、田口は、

「ああ、この間、行ってきたよ」

「どういう町なんだ？」

「江戸時代のそのままを、保っている、美しい町だよ。明治時代の役所も、壊されずにそのまま、資料館になっている。簡単にいってしまえば、町自体が、文化財になっているんだ。中でも、熊谷《くまがい》家というのが、昔からの、豪商の家でね。再建されて、昔のままの、面影を残しているんだ。昔の、酒造りの家といったらいいのかな。この熊谷家を守った七人の女性というのが、有名でね。テレビでも報道されたことがある。もし、君が、大森町に行くのなら、この熊谷家という、豪商の家を見に行ったらいい」

「文化財みたいな町か」

「ああ、そうだ。少なくとも、一見の価値のある町だよ」

「その大森町で、最近、何か、事件が起きたということはないんだろうか？」

十津川が、聞くと、田口は、笑って、

「どうして、そんなに、事件にこだわるんだ？　第一、石見銀山や、大森町で何か事件が起きたとしても、警視庁の管轄《かんかつ》じゃないだろう？」

「確かに、それは、そうなんだが、何だか、気になってね」

十津川が、いうと、田口は、しばらく考えてから、

「まだ、あの事件のことを、気にしているのか？」

と、いった。

「あの事件？」

「例の事件だよ。去年の九月に、調布の公民館で起きた銃撃事件だよ」

と、田口が、いった。

「こっちは、石見銀山と、大森町の話をしているんだ」

十津川は、ムッとして、いった。

「あの事件の続きで、石見銀山や大森町のことを気にしているんじゃないのか？　俺は、そういっているんだ」

と、田口が、いった。

一瞬、十津川は、田口の言葉の意味が分からなくて、

「どういうことだ？」

「去年の調布市の銃撃事件で、片足を失った男がいただろう？　確か、名前は三宅四郎といった」

「確かに、あの事件の被害者は、三宅四郎という名前だが、今は、石見銀山の話をしているんだ」

「だからだよ。その三宅四郎は、今、大森町の診療所で、外科医として働いているんだ。君は、それを知っていて、さっきから俺に、大森町や石見銀山のことを、聞いているんじゃないのか？」

と、田口が、いった。

「それは、本当の話か？」

十津川は、聞き返した。

「何だ、知らなかったのか？」

「ああ、知らなかった。本当に、三宅四郎は今、大森町の診療所で、働いているのか？」

「その口ぶりじゃあ、本当に知らなかったみたいだな」

「ああ、知らなかった。君は、大森町で三宅に会ってきたのか？」

今度は、十津川が、きいた。

「ああ、会ってきたよ。世界遺産としての石見銀山と、大森町の取材に、行ったんだが、その大森町の診療所で、三宅四郎が働いているというんで、話を聞こうと思って、会いに行った」

「それで？」

「何しろ、こっちはブン屋だから、去年の例の事件のことを、聞いてみたよ。しかし、三宅は、その件については、何も、話したくないといっていたね。だから、事件のことは何も、聞けなかった」

「そうか。何も、いわなかったか」

十津川は、三宅四郎が、あの事件の時、どんな気持ちでいたかを、聞いたことがなかった。新聞記者は、執拗《しつよう》に、三宅に聞いたらしいが、三宅は、その時も、何も語らず、ずっと黙っていた。

あの頃、三宅四郎は、研修医だったから、自分のケガが、どの程度のものであるかは、自分でも、ちゃんと知っていただろう。

病院に運ばれるのが遅れれば、左足を失うことは、分かっていたかも知れない。もし、分かっていたとすれば、きっと、十津川の判断に腹を立てていただろうと、十津川は、そう思っている。

田口の質問に対して、事件のことは、今でも、話したくないといっていたということは、依然として腹を立てているのか？

もっとはっきりいえば、今になっても、十津川の決断を、許していないのかも知れない。

「三宅は、大森町に住んで、結婚しているんだろうか？」

十津川が、聞くと、田口は、

「結婚は、まだ、していないみたいだよ」

その答えも、十津川には、少しばかり応《こた》えた。

結婚していないのは、やはり、片足を失ったからなのかと、そんなふうに、考えてしまうからだった。

「ところで、三宅のことを、知らないとすると、どうして、石見銀山と大森町にこだわっているんだ？」

田口が、改めて、聞いた。

十津川は、迷った。横山浩介のことは、田口には、話さないつもりだったのだが、話が三宅四郎のことに、触れてしまったので、なぜか急に、十津川は、話す気になった。

「しばらくの間、記事にはして欲しくないんだが」

と、十津川は、断ってから、

「あの時の、犯人の横山浩介が、死刑になったんだ」

「ああ、それは、知っている」

「彼は、一度、私に会いに来てくれといってきたことが、あるんだ。それで、府中刑務所に会いに行った。横山は、私にこんなことを、いった。府中刑務所にいる間に、石見銀山を、爆破するという話を聞いたというんだよ。誰が、そんなことをいったのか、教えてくれなかったが、横山は、しきりに、助けてくれたお礼に、教えるといって、石見銀山を爆破する計画があることを聞かされた」

「君は、その話を、信用したのか？」

「正直にいえば、今も半信半疑でいる。しかし、これから、死刑になるという人間が、そんなウソを、つくだろうかと考えてしまってね」

「しかし、雲をつかむような話じゃないか。刑務所に入っている人間が、出所したら、自分を裏切った人間を、必ず殺してやるみたいなことを、口走るというのは、あり得る話だと思うが、世界遺産の、石見銀山を爆破するというのは、あまりにもとっぴすぎるね」

と、田口が、いった。

「君も、そう思うか？」

「動機が、分からないからだよ。しかし、何となく、引っかかってきたね。ただ単に、石見銀山を、爆破するという話だったのならば、全く、信用しなかったと思うが、その石見銀山の近くの大森町で、三宅四郎が、医者として、働いているとなるとね。何だか、因縁《いんねん》めいたものを、感じてしまうんだよ」

「新聞記者の君が、因縁なんていうことをいうのは、何だか、おかしいんじゃないのか？」

「確かに、おかしいんだ。自分が撃った三宅四郎が、大森町にいることだって、府中刑務所に入っていた横山浩介は、知らなかったはずだからね。二人の間には、関係がないと思うが、しかし、やはり何か、引っかかってしまうな」

田口は、食事が終わるまで、そんなことを口にしていた。

6

「何だか、浮かない顔をしていますね」

と、亀井が、声をかけてきた。

「昨日、友人の新聞記者に、会ったんだが、その時、ちょっと、妙な話を聞いたもんでね」

「妙な話って、何ですか？」

「去年九月の、例の事件の時に、横山に撃たれて、左足の半分を失った男がいるんだ」

「三宅四郎でしょう？　彼が、どうかしたんですか？」

「今、石見銀山のそばの大森町にある診療所で、医師として、働いている」

「そういえば、確か、三宅四郎は、あの時、研修医か何かでしたね？」

「それを、友人から聞いたんだ」

「そうですか。東京の病院では、働かずに、山陰《さんいん》の診療所で、働いているんですか」

「その友人には、別に、三宅のことを聞きに行ったわけじゃないんだ。横山がいい残した、石見銀山の件があるんで、それが、どうしても気になってね。新聞記者なら、何か、ウワサを聞いているんじゃないかと思って、石見銀山について、質問してみたんだ。そうしたら、三宅が、大森町の診療所で働いていると聞かされた。大森町は、石見銀山と一緒に、世界遺産に、なっている町だ」

「それでまた、三宅四郎のことが気になってしまったんですか？　あの件は、もう済んだことですよ」

「その友人は、向こうで、三宅四郎に会ってきたらしい。去年九月二十日の事件のことについて、聞いたら、あのことは、何も話したくないといわれたんだそうだ」

「つまり、あの事件のことを、三宅が、未だに腹を立てているとか、そういうことですかね？」

「私は、そういうふうに、受け取った」

「しかし、今さら、警部が、悩む必要はないんじゃありませんか？　私だって、あの時、三宅四郎と横山浩介の二人のうち、どちらを、救急車に乗せるかということになれば、横山を乗せますよ。あのまま放っておけば、横山浩介は、間違いなく、死んでいましたからね。警部の判断は、間違っていなかったんですよ」

「それはそうなんだが」

と、いったまま、十津川は、黙り込んでしまった。

左足を失った三宅四郎は、そうは考えないだろうという言葉を、呑《の》み込んでしまったのだ。

「まさか、三宅四郎の話が出たので、石見銀山爆破の話を、警部は、信じるようになったと、いうんじゃないでしょうね？」

「関係はないと、思っているんだが、それでも何か、因縁めいたものを、感じてしまってね」

思わず、十津川は、友人の田口が、口にしたのと同じ言葉を、自分も、いってしまった。

亀井が、笑って、

「どう考えたって、関係ありませんよ。三宅四郎が、石見銀山の近くの町で働いているといったって、それは、あくまでも、偶然ですからね。まさか、その三宅が、石見銀山を爆破しようと、考えているわけではないでしょうからね」

「もちろん、私だって、三宅が石見銀山を爆破するとは考えていないよ」

「そうですよ。前にもいいましたが、横山という男は、死刑になる間際まで、人をからかって、喜んでいるような男ですから」

吐き捨てるように、亀井が、いった。

## 7

それから三日後、突然、十津川は、訴えられた。正確にいえば、十津川個人が訴えられたのではなくて、東京都が、訴えられたのである。

訴えたのは、三宅四郎で、その告訴状には、こうあった。

「今回、昨年九月二十日の事件の、犯人である横山浩介に対して死刑が執行された。警視庁の捜査一課の刑事も、すでに三人もの人間を殺している、横山浩介が逮捕《たいほ》されれば、死刑になることは、分かっていたはずである。その通りに、今回、死刑が、執行された。

それにもかかわらず、九月二十日の、事件の時、警察は、横山浩介を助け、横山に撃たれて苦しんでいた、被害者三宅四郎の病院への移送を、後回しにした。そのために、三宅四郎は、現在、左足半分を失っている。

この判断は、横山浩介が、死刑になった今、明らかに、間違っていることが、判明した。警察の判断の誤りによって、三宅四郎が左足を、失ったことに対して、東京都に、慰謝料として五千万円を請求する」

民事裁判だが、十津川は、否応《いやおう》なく、この裁判に、出廷しなければならなくなったし、また、マスコミの矢面《やおもて》に、立たされることになってしまった。

（参ったな）

と、十津川は、思った。

法廷に出廷することになれば、いやでも、三宅四郎と顔を合わさなければならない。そのことがまず、辛いのだ。

向こうの弁護士は、おそらく、九月二十日の事件の時に、犯人の命と、被害者の命と、どっちが大事だと思ったのかと、しつこく、聞いてくることだろう。

裁判が、五月十五日からと決まった時、十津川は、上司の本多《ほんだ》捜査一課長に、呼ばれた。

「警視庁としては、九月二十日の事件に関して、君の取った行動は、間違いなかった、正当な行動だったと言明するつもりだから、安心していていい」

と、まず、本多は、いった。

「ありがとうございます」

「ただ、裁判中は、事件の捜査から外れてもらう」

と、本多捜査一課長が、いった。

「どうしてですか？　毎日、裁判に出廷するわけではありませんから、今まで通りに、捜査はできます」

「私が見たところ、君という人間は、心の底に、感傷的なものを持っている。だから、今のまま、裁判を控えて、事件の捜査に当たると、いざという時に、判断を誤ってしまう恐れがある」

と、本多は、いった。

「例えば、どんな、判断をですか？」

「例えばだね、凶悪事件にぶつかって、犯人を、撃たなければならない瞬間が、あるとする。今までなら、君は、何の迷いもなく、犯人を撃つことが、できただろう。しかし、今回の裁判を控えていると、その時のことを思い出して引き金を引く時に、迷ってしまうかも知れない。そのせいで、被害者を出してしまうようなことになったら、困るからね。裁判が終わるまで、君は、今もいったように、事件の捜査からは、外れてもらうことにする」

「課長、私は、そんなことは、絶対にありません」

「これは、本部長の考えでもあるんだ。とにかく、しばらくの間、捜査から外れたまえ」

と、本多捜査一課長は、命令した。

## 8

十津川にしてみれば、訴えられるよりも、事件の捜査から外されることのほうが、辛かった。

本多一課長も、三上《みかみ》刑事部長も、十津川のことを考えて、そう、決断したのだろうが、かえって、十津川は、気が重くなってしまう。

本多一課長は、十津川に向かって、君にはどこか、感傷的な部分があるからと、いった。

確かに、自分には、そんなところが、あるかも知れない。

しかし、今まで事件の捜査に当たって、自分の感傷が捜査の邪魔をしたことはない。

しかし、他人の目から見ると、そんな弱さが、見えていたのだろうか？

# 第二章　あるグループの存在

## 1

十津川は、迷っていた。

冷静に考えれば、死刑囚である横山浩介の言葉、つまり、世界遺産に、登録されている島根県の石見銀山を、爆破しようとしている人間がいるという、その言葉は、信用できなかった。

死刑囚として、独房に入れられていた横山が、ほかの囚人と、話をするというチャンスは、絶対になかったはずだからである。

しかし、その一方で、横山が、ウソをついているとは、思えないところもあった。

そんなウソを、十津川につく理由がなかったからである。

「私も、死刑になる人間が、わざわざ、警部を、呼びつけて、ウソをつく必要など、全くないと、思いますね」

亀井刑事も、いう。

「そうなんだが、いくら考えても、横山が、刑務所の中で、ほかの囚人から、話を聞くチャンスは、なかったはずなんだ。何しろ、独房に入れられていたし、刑務所の作業は、やっていなかったし、運動時間も、別だからね」

「横山が、警部を、府中刑務所に呼んで話をした時、石見銀山を爆破するという話を聞いた、そういったんですよね？」

「そうだ」

「そうなると、警部に話したことが、まったくのウソだったとは、私には、思えませんね」

亀井が、繰り返した。

「私も迷っている」

と、いった後、十津川は、

「一つだけ、答えがあるんだ」

「どんな答えですか？」

「今もいったように、刑務所で、死刑囚に話しかける囚人は、いない。しかし、一人だけ、死刑囚の横山に、話しかけられる人間がいるんだ」

「それは、誰ですか？」

「看守だよ。看守なら、いつだって、独房の横山に、話しかけることができる」

「しかしですね、横山は、警部を呼んで、問題の話をした。その時、看守が、こんなことを、いっていたとは、いわなかったんじゃないですか？」

「ああ、もちろん、看守という言葉は、使わなかったさ。だから、てっきり、ほかの囚人から、横山が、話を聞いたと思ったんだ。今になって考えてみると、私が刑務所で、横山から話を聞いた時、看守が一人、立ち会っていた。横山にしてみれば、看守から、そんな話を聞いたとは、いえなかっただろう。だから、ほかの囚人から、話を聞いたというようにいったんじゃないかと、今となると思うんだがね」

「これで、少しは、前進したんじゃありませんか？　しかし、看守が、どうして、そんな話を、死刑囚の横山に、したんでしょうか？　まさか、死刑囚をからかうために、そんな話を、したとも思えませんね。横山が出所して、ウソ話を、いいふらすとも、思えません。第一、すでに、死刑が決まっているんですから、出所することなんて、できないわけでしょう？　そんな男を、からかっても、仕方がないじゃないですか。また、看守から聞いた話が、本当かウソか、分かるはずだと、思うんですよ。本気の話と思ったからこそ、横山は、警部に、そのことを、話したんじゃありませんか？」

「その点は、カメさんと同感だ」

「そうなると、なおさら、なぜ看守が、そんな話を、横山にしたのか？　それが分かりませんね」

「いや、看守が、横山に、なぜそんな話を打ち明けたのか、その理由の方は分かる気がするね」

「どういう気持ちで、看守が、横山に、そんな話をしたのか、警部にはお分かりになりますか？」

「分かるつもりだ」

「それ、教えてもらえませんか？」

「私は、刑務所の、看守の仕事について、考えてみたんだ。本当に、大変な仕事だと思うよ。薄暗い刑務所の中で、毎日、囚人たちを、監視して過ごす、地味で忍耐のいる仕事だと、思うんだ。もう一つ、看守は、囚人と話す時に、自慢話を、聞かなければならない。もちろん、軽い刑の囚人なら、自慢話はしないだろうが、横山のように、三人も殺して死刑が決まった人間は、ちょっと、違うはずだ。横山は、自分がやったことを、別に、反省もしていないから、刑務所でも、そのことを自慢していたんだと思う。看守に向かってだ。俺は、三人もの人間を、殺してやったとね。毎回、そんな自慢話を聞かされる看守にしたら、面白くない。同じ看守が、毎回のように、横山からそんな自慢話を、聞かされていて、腹が立ってきたんじゃないだろうか？　それで、ついうっかり、自分が、考えていたこと、石見銀山を爆破してやるんだということを、話してしまったんじゃないだろうか？　その看守にしてみれば、精一杯の、自慢話のつもりだったんじゃないかと思う。横山は、その話が、デタラメではなくて、本気だと、感じた。だからわざわざ、私を刑務所に呼びつけて、教えたんだ。もちろん、その時立ち会った看守は、横山に、石見銀山を、爆破するという話をしたのとは、別の看守だろう。同じ看守だったら、私に、その話は、できなかったと思うからね」

「今の警部のお話で、一応、納得はしましたが、横山の死刑が執行された時、警部に遺書を、遺《のこ》していましたよね。石見銀山を爆破するという話は、本当だという遺書です。しかし、遺書は、警部に渡す前に、刑務所長が、検閲《けんえつ》したんじゃありませんか？」

亀井が、きく。

「もちろん、刑務所長が、検閲したと思うよ。ただ、所長は、頭からヨタ話と決めつけたんだ。だから平気で、その遺書を私に渡したんだよ」

と、十津川は、いった。

2

十津川は、最近、府中刑務所を辞めた看守がいないかどうかを、刑務所長に、電話をして、確認することにした。

前には、最近、出所した囚人がいないかどうかを聞いて、いないことを、確認したのだが、看守のことについては、

「ええ、一人だけいますよ、つい最近、辞めた看守が」

所長が、教えてくれた。

「それは、死刑囚の、横山の刑が執行された後ですか、それとも、前ですか？」

十津川が、きいた。

「確か、横山の死刑が、執行される前日だったと思います」

と、所長が、いった。

その看守の名前は、森口亮《もりぐちりよう》、四十歳と、所長が、いった。

「その森口亮の経歴を、教えてもらえませんか」

「この府中刑務所に、十五年勤務していた男です」

「急に辞めた理由は何ですか？」

「退職願には、一身上の都合とありますが、去年の四月頃、囚人の一人に、森口が、便宜《べんぎ》を図ってやったことが、問題になって、三ヵ月間、給料の十パーセントを、カットされたことがありましてね。どうやら、それが、今回の退職の理由に、なっているような気がします」

「どんな便宜を図ったのですか？」

「その囚人が、絵を描きたがっていましてね。私が、その許可を、与えていなかったのに、看守の森口は、自分の勝手な判断で、スケッチブックと色鉛筆を、差し入れてしまったんですよ。もちろん、すぐに取り上げましたが」

と、所長が、いった。

「その囚人は、今、どうしていますか？」

「明日、出所することに、なっています」

「囚人の名前は、何というのですか？」

「囚人の名前ですか？　名前は、安藤吾郎《あんどうごろう》、三十八歳です。懲役《ちょうえき》六年の刑期を、済ませて、明日、出所します」

「安藤吾郎は、何をやって、入っていたんですか？」

「安藤は、自衛隊にいましてね。そこで、同僚とケンカをして、相手を、殴り殺してしまったんです。初犯だし、ケンカの上での殺人で、相手にも、落ち度があったということで、六年の刑になったんです」

「看守を辞めた森口亮と、明日出所する、安藤吾郎の顔写真があれば、送ってもらえませんか。できれば、二人の詳しい経歴と家族や友人のことも、教えてもらいたいのですが」

「何か、問題でも、あるのですか？」

「それは、まだ分かりません。ただ、少しだけ、気になることがあるんで、ぜひ、二人のことを、詳しく知りたいと思っているのです」

翌日、看守だった森口亮と、刑期を終えて出所した、安藤吾郎の顔写真、それと、二人の経歴や住所などが書かれた資料が、送られてきた。

森口亮の住所は、千葉《ちば》市内のマンションになっていた。

安藤吾郎のほうは、妻子はなく、両親が浅草《あさくさ》で、小さな飲み屋を、やっているという。

しばらくの間、そこにいるのではないかと、送られてきた資料には、書いてあった。

まだ事件は、何も、起きていないのである。だから、十津川が、大っぴらに、この二人のことを、調べるというわけにはいかなかった。

そこで、亀井と西本の二人の刑事に、森口亮に会って、話を聞くようにと、指示を出した。相手の反応を見たかったのだ。

二人が、千葉市内のマンションに、森口亮を訪ね、警察手帳を見せると、森口は、露骨《ろこつ》に不機嫌な表情で、

「どうして、警視庁の捜査一課の刑事が、私を、訪ねてきたんですか？」

初めから、喧嘩腰《けんかごし》の口調で、吐き捨てるように、いった。

あなたのことが知りたくて、とはいえないので、亀井は、

「実は、あなたが、勤めていた府中刑務所で、先日、死刑を執行された、横山浩介という囚人のことをお聞きしたくて、お伺《うかが》いしたんですよ」

と、いった。

「どうして、あの囚人のことが、気になるんですか？」

「私たちは、警視庁捜査一課の、十津川班にいるんですが、あの事件は、私たちが捜査して、彼を逮捕しましてね。その時に」

亀井が、いいかけると、森口は急に、ニヤッとして、

「それで、分かりましたよ。確か、十津川警部が、訴えられていましたよね？　横山に撃たれて、左足を切断することになった被害者から、どうして、自分のほうから先に、病院

に運んでくれなかったのかと、十津川警部が、訴えられているんじゃありませんか？」

と、いった。

「その通りです。まだ、裁判の結果は出ていませんが、そんなことがあるので、刑務所内での、横山の様子がどうだったのか、教えていただきたいと思って、お伺いしたのです」

と、いいながら、亀井は、部屋の中を見回した。

2DKの部屋である。

森口は四十歳。確か、結婚しているはずなのだが、部屋の中に、妻がいるような気配はない。

「横山という死刑囚ですが、自分の犯した、三件の殺人について、全く反省していませんでしたね。あんな男を、先に病院に運んで、被害者のほうを後回しにしたのは、どう見ても、間違った判断だったと思いますよ」

森口が、いった。

「やはり、そうですか。森口さんは、そう思われますか」

亀井は、わざと、相手におもねるように頷いてから、

「失礼ですが、奥さんは？」

と、きいてみた。

「先日、別れましたよ。どうも、結婚した当初から、いろいろと、うまく行っていませんでしてね。看守を辞めた時、これを潮に離婚したんです。まあ、せいせいしています」

乱暴な口調で、森口がいった。

「失礼ですが、看守を辞めて、これから、何をなさりたいんですか？」

西本がきくと、森口は笑って、

「幸い、退職金が、ありますからね。しばらくは、何もやらずに、のんびりしていようと思っています。長い間、看守の厳しい仕事をやってきて、少しばかり、疲れましたから、新しい仕事に就く前に、リフレッシュしたいんですよ」

3

亀井と西本は、森口と別れると、今度は、浅草に行き、安藤吾郎の両親に、会ってみることにした。

田原町《たわらまち》寄りに、両親がやっている店があった。

店は午後六時から、開くということで、二人が行った時には、店は、まだ、閉まっていた。

二階が、住居になっている。

亀井が、来意を告げると、安藤吾郎の両親は、二人を二階に招じ入れた。

両親は、二人とも、六十代だが、小柄で、血色がよく、歳より若く見えた。

亀井は、捜査一課の、刑事とはいわずに、府中刑務所の、看守だとウソをついた。そのほうが、話をしやすいと思ったからだった。

「息子さんの吾郎さんは、今日の午前十時に、府中刑務所を出所したのですが、まだ、こちらには、帰っていませんか？」

亀井がきくと、母親が、

「昼過ぎに、帰ってきましたけど、六年ぶりなので、浅草の周りを、歩いてみたい。そういって、出かけていきました。夕方までには、帰ってくると思いますけど」

「確か六年前、息子さんは、自衛隊に所属していて、ケンカをして、相手を殺してしまった。そう聞いているのですが、今後、息子さんは、何をするつもりなんでしょうか？」

西本が、きいた。

「まだ、帰ってきたばかりですからね。ゆっくり四、五日考えてから、決めたらいいと、思っているんですよ」

「息子さんも、そういっているんですか？」

「はい」

「息子さんが、特に親しくしている、友だちとか、女性とかは、いませんか？」

「私には、分かりません。とにかく、六年前に、事件を起こした時には、朝霞《あさか》の自衛隊にいました。今さら、自衛隊にも、戻れないでしょうから、この浅草で、何か、仕事を探してくれたらいいと、思っているんです。そんな具合ですので、吾郎に、親しくしているお友だちがいるのかどうかは、私には、分かりません」

と、母親が、いった。

「自衛隊に入る前には、何をしていたんですか？」

亀井が、きくと、今度は、父親のほうが、

「高校を出た後、この近くのクラブで、ボーイとか、マネージャーのようなことを、やっていたようですよ。その後、その店の人と、ケンカをしてしまって、店を辞めると、体を鍛えてくるといって、突然、自衛隊に、入隊してしまったんです」

「息子さんは、身長百八十センチ、体重七十五キロという、頑健な体をしていますから、事務系統の仕事より、恵まれた体を使った、仕事のほうが、向いているような気がしますがね」

「今、吾郎が、どういう仕事に、就くかと聞かれても、分からないんですよ。六年も、刑務所に入っていましたから、気持ちも、以前とは、ずいぶん違っているでしょうしね」

母親が、暗い表情で、いった。

4

二人は、警視庁に帰ると、十津川に報告した後、

「いろいろと、話を聞いてみましたが、これという収穫は、ありませんでした」

「今は、それでいいんだ。まだ、何も起きていないからね。この状況で、突っ込んだことを聞いても、相手は、まともには、答えないだろうからね」

「警部は、府中刑務所を辞めた森口が、横山に、石見銀山を、爆破すると話した看守だと、思われますか？」

亀井が、きく。

「森口だという確証はないがね。しかし、横山の死刑が、執行される直前に、森口が、府中刑務所を辞めた、その経緯《いきさつ》を考えると、問題の看守が、彼であるような、気がする。もちろん、まともに質問しても、絶対に、否定するだろうね」

「森口が、問題の看守だとしてですが、森口一人で、石見銀山を、爆破するようなことが、

できるでしょうか？」

「それは、無理だろうと思っている。森口が、安藤吾郎と組んだとしても、おそらく、無理だろう。森口がそんなことを、計画しているとしても、実行するためには、何人かの、仲間が必要だと、私は、思っている」

「仲間ですか？」

「そうだ」

「森口のことを調べると、十五年間も、府中刑務所で、看守をしています。交友関係も、あまり広いとは、思えません。それで、果たして、どんな仲間が、いるんだろうかと思うんですが」

と、亀井が、いう。

「その点は、同感だ。私も、森口の交友関係は、そんなに広くないと、思っている。もし、仲間がいるとしても、その狭い交友関係の中で、作った相手だと、思っている」

「そうすると、府中刑務所の看守の中に森口の仲間がいるということですか？」

「そうは思わない。むしろ、ほかの刑務所の看守の中に、同じことを、考える仲間がいるんじゃないだろうか？　同じように、看守という生き方に、不満を持っているような、何か大きなことをして、世間を、脅《おど》かしてやろうかという考えの看守たちだよ。看守の研修会などで、たまたま、一緒になったほかの刑務所の看守の中に、意気投合した者が、いるんじゃないか？　そんなふうに、考えているんだがね」

「その仲間というのは、森口と同じ頃に、刑務所を辞めているでしょうね」

「それをぜひ、調べたい」

と、十津川が、応じた。

## 5

全国の刑務所に、当たってみると、ほぼ同じ時期に、辞めている看守が、森口のほかに、二人いることが分かった。

一人は、宮城《みやぎ》刑務所の、金子慶太《かねこけいた》、三十九歳、もう一人は、網走《あばしり》刑務所の、剣持隆平《けんもちりゅうへい》、三十歳、この二人である。

面白いことに、二人とも、刑務所の中で不祥事を起こしていた。

金子慶太は、宮城刑務所に入っていた、戸村新太郎《とむらしんたろう》という、二十八歳の囚人の女から、戸村への差し入れを頼まれた時、彼女をホテルに誘って、関係を迫ったことが発覚して、一ヵ月の謹慎と三ヵ月分の給料を、減額されている。

網走刑務所の、剣持隆平は、中沢順一《なかざわじゅんいち》という、三十五歳の囚人の両親に近づき、いろいろと、刑務所内での便宜を、図ってやると騙して、金銭を受け取ろうとした。それがバレて、今から一週間前に、依願退職をしたのである。

さらに、この二人について、調べていくと、二人は、昨年、東京で開かれた、刑務官の研修会に来ていて、同じように、東京から参加していた森口亮と、顔を合わせていることがわかった。

この研修会は、三日間、続いていて、その三日の間に、三人が、一緒に行動していたとか、何か、話し合っていたという証拠はないが、行動を、共にしていなかったという証拠も、なかった。

宮城刑務所と、網走刑務所の所長に尋ねると、金子慶太と剣持隆平という、二人の看守が、どうやら、看守という仕事に、嫌気がさしていて、日ごろから、不満を口にしていたこともわかった。

「だから、問題を、起こしてしまったんだと、思いますね」

と、どちらの所長も、十津川に、向かって、電話で答えてくれた。

十津川は、この三人の名前を、自分の手帳に、書き込んだ。

剣持隆平、三十歳
金子慶太、三十九歳
森口亮、四十歳

森口以外の、元看守の経歴と写真も、それぞれの、刑務所の所長から送って貰《もら》った。

亀井は、三人の顔写真を、見ながら、

「この三人が協力して、石見銀山を、爆破するつもりなんでしょうか？　しかし、石見銀山を爆破しても、何の得にもならないように、思えますがね」

「もちろん、石見銀山の爆破自体が、目的とは、思えない。そんなことをしたって、何の得にも、ならないからね。もし、この三人が、犯人だとすれば、世界遺産になった、石見銀山を爆破するぞと、脅かして、金が手に入れば、万々歳だろう」

「そうですね。世界遺産だから、爆破するぞといって、脅かすだけの価値が、ありますね。ただ、脅かすといっても、いったい、誰を脅かすんでしょうか？」

「まともに考えれば、文化庁ということになってくるだろう。石見銀山を、世界遺産に申請したのは、文化庁だからね。しかし、中央官庁を脅かしたって、そう簡単には、金を払わないだろう。そうなると、石見銀山がある島根県の県庁を、強請《ゆす》るんじゃないだろうか？」

と、十津川は、いった。

「県庁ですか？」

「あるいは、石見銀山と一緒に、大森町という古い町が、同じように、世界遺産になっているから、その、大森町を強請るのかもしれないな。そのほうが、手っ取り早いかもしれないから」

6

十津川は、ここまで来て、上司の、三上刑事部長に、石見銀山の爆破について、話をすることにした。

案の定、三上刑事部長は、首を、傾《かし》げてしまった。

「何とも、雲をつかむような、漠然とした話じゃないか」

それが、三上の第一声だった。

「確かに、そうなんですが」

「何か、根拠があるのかね？」

「それは、死刑囚の横山浩介が、私にいった言葉です。ただ、私は、横山に教えたのは、囚人ではなく、看守だとしか、思えません。それを裏書きするように、府中刑務所の森口という看守が、突然、辞めてしまいました。同じように、二つの刑務所で、二人の看守が、辞めています」

「それが、偶然ではないと、思っているんだな？」

「そうです。示し合わせて辞めたと、私は思っています」

「この三人の看守、いや、元看守が、組んで、世界遺産の石見銀山の爆破をネタに強請って、大金を手にしようとしている。つまり、そういうことだね？」

「その通りです」

「どうも、ピンと来ないな」

「資産家とか、銀行、あるいは、大企業などを、爆破するぞと脅かして、大金を、強請るというケースは、今までにも、何度もありましたが、考えてみますと、世界遺産というのも、強請る対象になり得ると、思います。何しろ、世界遺産に、登録されるというのは、大変なことですからね。あの富士山が、まだ、世界遺産にはなっていません。そんな、数少ない世界遺産を、爆破すると脅かせば、大金が手に入ると、考えたとしても、決しておかしくはないと、私は思うのですが」

「確かに、世界遺産に、登録されることが難しいというのは、私だって、十分に、理解できる。それでも、まだ、ピンと来ないね。資産家の子供を、誘拐《ゆうかい》して、身代金《みのしろきん》を、要求するとか、有名な会社とか、マンションなどを、爆破するといって脅かすのなら、ピンと来るんだが、世界遺産というと、ピンと、来ないんだよ。どうしてかな？」

「今までに、世界遺産が、強請られたことが、ないからじゃありませんか？　しかし、これからは、世界遺産が、強請られるということが起こると、思いますよ。世界遺産になれば、観光客が増えますし、住民が誇りに思うし、県も町も、国も、自慢できますからね。それが、爆破されるかもしれないとなれば、誰かが金を払う。そう思いますね」

「この、元看守三人が、世界遺産爆破を計画しているとして、どうして、そんなことを、するのかね？　その理由を、どう考えているんだ？」

三上が、きいた。

「私の勝手な、想像ですが、看守の仕事は、地味で、忍耐のいる仕事です。社会的に、評価されることも少ない。といって、囚人を殴ったり、虐待《ぎゃくたい》したりすれば、すぐに、大きな問題に、なってしまいます。つまり、看守というのは、ストレスが溜まる仕事だと、思うのです。しかも、その割には恵まれない。この三人の看守は、そんなことが、原因で、刑務所内で、問題を起こして辞めることに、なっています。そんなこともあって、この三人は、世間を、アッといわせるような、何か、大きなことをしたい。おそらく、そう思っているに違いないと、私は思うのです」

「しかし、たった三人で、石見銀山を爆破するといって、脅かせるものかね？　ただ、言葉で、脅かしても、そう簡単には、金は払わないだろう？　実際に、石見銀山に、爆薬を仕掛けたり、あるいは、その一部を爆破しなければ、金を、強請り取れないんじゃないのかね？　私には、そんなことが、この三人にできるとは、思えないんだ。君もいうように、今まで、刑務所で、囚人を監視するという、地味な仕事を、ずっと続けてきたわけだからね」

「三人だけでは、ありません」

十津川が、いうと、三上は、ビックリした顔で、

「ほかにも、仲間になるような看守が、いるのかね？」

「看守ではありません。この三人ですが、いずれも、囚人と問題を起こして辞めています。いずれも、囚人をいじめたり、殴ったりしたということではありません。囚人に、便宜を図ってやるといって、それが、問題になっているのです。その囚人たちですが、なぜか、三人の看守が辞めるのと、相前後して、それぞれの刑務所を、出所しています。ですから、三人の看守に、三人の、元囚人が、協力することになるのではないかと、考えているので

す」

「しかし、君の話は、あくまでも、仮定の話じゃないのか？」

「そうです。仮定の話です。ただ、府中刑務所の、森口という看守が、辞めた後の昨日、出所した囚人が、いるのですが、この男は、六年前に、自衛隊員だった時、隊内で、ケンカをして、相手を殴り殺して、六年の刑を受けました。彼が、自衛隊で、どんな仕事をやっていたのか調べたところ、爆発物処理班に、所属していたことが、分かりました。つまり、彼は、爆発物のプロなんですよ。この男が、元看守に協力すれば、石見銀山を爆破することも、決して、難しいことではないと、思うのです」

「自衛隊の、爆発物処理班か」

「そうです」

「そうなると、今まではピンと来なかったが、少しばかり、現実味を感じるようになったよ」

と、三上が、いい、続けて、

「それで、君は、何を、調べたいのかね？」

「今、いちばん知りたいのは、元看守三人と、元囚人三人、この六人の、動きです。それを調べたいと、思っています。他に、石見銀山がある、島根県の県警のほうに、何か、関連のある情報が入っていないかを、聞いてみたいと、思います」

「もし、島根県警が、何かを、つかんでいれば、こちらに知らせてくるはずだ。それが、ないということは、県警のほうでは、まだ、何の情報もつかんでいないのだと思うね。この六人の行動のチェックだが、今のところ何の事件も起こしていないからね。捜査一課として、捜査することは、難しいだろう。ただ、君の班の刑事に、一人か二人ならば、調べさせても構わないがね」

と、三上は、いってくれた。

## 7

十津川は、三田村《みたむら》と北条早苗《ほうじょうさなえ》刑事の二人を、捜査に、当たらせることにした。

十津川が、女性刑事を、選んだのは、日頃から、女性は直観力で、男よりも、優れていると思っていたからだった。女性の北条早苗刑事を、男の三田村と、組ませれば、何かつかんでくるかもしれない。

十津川は、二人に、六人の顔写真と、経歴の書かれた資料を渡して、

「私が知りたいのは、この六人が、現在、どう動いているかということだ。連絡を取り合

っているのか、これから、どうするつもりなのかを、調べてもらいたい」

二人の刑事は、宮城刑務所と網走刑務所を辞めた二人の看守に、会うことにして、現在の住所を、調べることから始めた。

宮城刑務所を辞めた、金子慶太は、辞めた後の住所が、東京の、足立区千住《せんじゅ》になっている。

網走刑務所を辞めた剣持隆平は、小田原《おだわら》に住んでいた。

「面白いね」

と、三田村が、いった。

「看守というのは、刑務所の中か、あるいは、刑務所のそばの、官舎で生活している。ところが、そこを辞めると、官舎から、出なければならなくなるから、自分の両親の住むところか、兄弟の住んでいるところに、移っていく。今まで勤めていた刑務所とは、全然違うところに、帰るというのかな」

「府中刑務所の看守だった森口亮も、同じことよ」

と、北条早苗が、いった。

「彼も、看守をやっていた間は、刑務所のそばの官舎に、入っていたんだけど、今は、千葉に住んでいるんだから」

「じゃあ、まず、千住に住んでいる金子慶太に、会いに、行こうじゃないか」

と、三田村が、いった。

北千住の駅から歩いて、五、六分のところにある、七階建てのマンションだった。そのマンションの、五階の角部屋に、金子は、住んでいた。

金子の経歴を見ると、千住で生まれている。すでに父親は、死亡しており、母親は、同じ足立区内の、兄夫婦のところに、引き取られていた。

金子慶太は、三十九歳だが、まだ、独身のはずだった。

二人が、訪ねていくと、金子は、一応、部屋に、招じ入れてくれたが、ブスッとしている。歓迎していないのは、明らかだった。

「実はですね」

三田村が、相手を刺激しないように、穏やかな口調で、いった。

「ここ一ヵ月の間に、全国の刑務所で、三人の看守が、辞めているんですよ。少しばかり、異常なことなので、どうして、こんなことが、起きたのか、それを調べてこいと、上司にいわれましてね。失礼だが、金子さんは、どうして、刑務所の看守を、辞められたんですか？」

「一身上の都合ですよ。退職願にも、そう書きました」

「もう少し、詳しく、話してもらえませんかね？　一身上の都合の中身を、知りたいんですよ」

「どうして、そんなことを、いちいち、話さなければいけないんですか？　僕は、もう宮城刑務所に勤めている看守では、ありませんよ。一民間人ですよ」

「これから、どんなことをしようと、考えていらっしゃるんですか？」

北条早苗が、きいた。

相手が女性なので、金子は、少しだけ、表情を和らげたが、

「まだ決めていませんよ。僕は、十数年にわたって、刑務所で、ずっと看守の仕事をやっていましたからね。いわば、表の世界に対しては、新入社員と、一緒なんですよ。これからどうするのか、幸い、退職金があるので、一週間か二週間、じっくりと、考えてみたいと思っているんです」

「宮城刑務所の中で、問題を起こされていますね？」

「僕が、問題を起こしたのは、確かに事実ですが、そんなに大した問題じゃ、ありませんよ」

「しかし、一ヵ月の謹慎と、給料を三ヵ月カットされていますよね？」

「規律違反なので、処分されたのは、仕方がありませんが、それが、どうかしたんですか？」

「今度、退職した理由の一つに、この問題があったんじゃないかと、思うのですが、違い

ますか？」

早苗が、きいた。

「全く違いますよ。あの件は、今回の退職とは、全く、関係がありません」

「その時、あなたと、問題のあった囚人ですが、覚えていらっしゃいますか？」

「もちろん、覚えていますが、それが何か？」

「その囚人、名前は、戸村新太郎というのですが、すでに、宮城刑務所から出所していま す。そのことは、ご存じでしたか？」

早苗の質問に、金子が黙っていると、今度は、三田村が、

「この戸村新太郎という人ですが、何の罪で宮城刑務所に、入っていたのか、もちろん、ご存じでしたよね？」

「いや、知りませんね。僕が、彼を逮捕したわけでは、ありませんから。裁判だって、傍聴していませんよ。彼が、何の罪で服役していたかということは、全く知らないのです」

「戸村は、改造拳銃を、十一丁造り、そのうちの、六丁を暴力団に売り、その中の、一丁で、殺人が起きているんです。前にも同じような罪を、犯しているので、二年の実刑を受けて、宮城刑務所に、収監されていたんですよ。ご存じないですか？」

「いえ、全く、知りませんでした」

「もし、戸村新太郎と、どこかで会われたら、どうしますか？」

「そんなこと、分かりませんね。まあ、一緒に、生活したいとは、思いませんよ。これからは、何か、お金になるような仕事を、したいとは思っていますが、前科のある人間とは組みたくありません」

## 8

次に、三田村たちは、神奈川県の、小田原に向かった。そこに、網走刑務所の看守を、辞めた剣持隆平、三十歳が住んでいると、分かったからである。

ＪＲ小田原駅の周辺は、再開発が進んでいて、新しいマンションも、次々に建設されていた。

その一つ、リビエラ小田原は、分譲マンションではなく、賃貸マンションである。

その七階に、剣持隆平は、若い女と一緒に、住んでいた。

女は、たぶん、二十五、六歳といったところだろう。背が高く、一応、美人なのだが、その表情には、ケンがあった。

三田村と、北条早苗の二人が、警察手帳を見せると、剣持は、そばの女に、向かって、

「しばらく、外にいてくれ」

と、いって、追い出した。

剣持が、網走刑務所で、看守として働いていた頃は、官舎の中の、独身寮に入っていたというから、今の女は、剣持の彼女、といったところだろうか？

「しばらく、この小田原に落ち着かれるつもりですか？」

三田村が、部屋の中を、見回しながら、きいた。

3LDKの、かなり広い部屋である。

「そうですね。看守の仕事は、しんどかったから、今度は、もっと、楽しい仕事を探そうと、思っています」

剣持は、丁寧な口調で、答えた。

「失礼ですが、網走刑務所の看守を、やっていらっしゃった頃、問題を、起こされていますね？」

北条早苗が、いった。

「あの件が、今度の退職の、理由になっているんでしょうか？」

「いや、そういうことでは、ありません。あの事件と、今回の退職とは、何の関係も、ありません」

「というと、前から、看守の仕事は、辞めようと思っておられたのですか？」

「ええ、そうです。五、六年前から辞めることを、考えていたのですが、なかなか、決心がつかなかった。今度やっと、決心がついたので、辞表を、出したんです」

「あなたが、網走刑務所で、問題を起こした相手の囚人は、中沢順一という、三十五歳の男だと聞いたのですが、間違いありませんか？」

「いや、刑務所の中では、囚人は、番号で呼ばれているので、彼が、中沢という名前だというのは、今、あなたから聞かされて、初めて知ったんですよ」

「その中沢順一が、何の罪で、網走刑務所に入っていたのか、あなたは、そこの看守を、やっていたんだから、ご存じですよね？」

「詳しくは知りませんが、確か、殺人罪だったと思いますが、それが、どうかしたんですか？」

「中沢順一は、群馬県の前橋《まえばし》に生まれましてね。資産家の息子で、十代の頃から、射撃に興味を持って、二十五歳の時に、警察の許可を受けて、一丁百二十万円も、するような猟銃《りょうじゅう》を、イギリス製ですが、三丁も、所持していたそうです。ところが、二十九歳の時に、地元の、暴力団員とケンカし、持っていた猟銃を使って、相手を、射殺してしまったんです。それで、懲役五年の刑を、受けて、網走刑務所に入っていたんです。このことは、知っていましたか？」

「いや、われわれ看守は、詳しいことは、分かりませんからね。殺人罪で入っていたということは、知っていましたが」

と、剣持が、いった。

「この中沢順一ですが、網走刑務所を、出所した後、前橋には、帰る気がなかったのか、現在、東京に、住んでいます。中沢にお会いになったら、どうしますかね？」

「もちろん、つき合う気なんて、全く、ありませんよ。今もいったように、僕は、この小田原で、新しい人生を始めようと、思っているんですから」

剣持が、少しばかり、怒った口調で、いった。

「今も申し上げたように、中沢順一は、郷里の前橋には、帰らず、現在、東京に、住んでいるのですが、どこに住んでいるのか、ご存じありませんか？」

三田村が、あまりに、しつこく聞くので、剣持は、苛立《いらだ》ちを見せて、

「そんなこと、僕が、知っているはずがないでしょう。どうして、僕が、知っていると思うのですか？」

「いや、ご存じないのならば、結構です」

三田村は、いったん、この話を打ち切ることにした。

「ところで、剣持さんの趣味は、どんなことですか？」

早苗が、きいた。

「別に、趣味らしい趣味は、ありませんよ」

「実は、網走刑務所に電話をして、剣持さんのことを、よく知っている看守や、所長さんに、聞いたんですが、剣持さんの趣味は、銃を使った狩猟だそうですね？」

「それは、学生時代の遊びのようなもので、網走刑務所に、勤務していたころは、そんなことは、忘れていましたよ」

と、剣持が、いった。

このあと、剣持と別れた、二人の刑事は、小田原警察署に行って、剣持隆平が、猟銃の所持許可申請書を、出しているかどうかを聞いてみた。

やっぱり、という答えが、跳ね返ってきた。

網走刑務所を、退職した剣持隆平は、小田原のマンションに落ち着くと、すぐ、警察署に猟銃の所持許可を、申請したというのである。

「それで、許可は、下りそうですか？」

「いや、すでに、下りていますよ。前科も、ありませんし、何よりも、ついこの間まで、十年間にわたって、網走刑務所で、看守として働いていたというんですからね。これ以上、信頼のできる、経歴はないじゃありませんか？　ですから、申請されてすぐ、許可を、出しましたよ。そのことを、お聞きになるということは、剣持という人に、問題でも、あるんですか？」

今度は、三田村たちが、逆に、聞かれてしまった。

「いえ、何の問題も、ありません」

三田村が、あわてて、いった。

三田村と北条早苗の二人は、警視庁に戻って、十津川に、二人の元看守について、報告した。

「二人とも、今のところ、新しい仕事には、就いていません。異口同音に、しばらく、ゆっくり考えて、新しい仕事に就きたい。そういっています」

三田村が、いうと、十津川は、苦笑して、

「府中刑務所を辞めた森口亮と、全く同じ、セリフだな」

「残念ながら、二人が何を考え、誰と会っているか、はっきりとしないのです」

「金子慶太と剣持隆平の二人だが、何か、企んでいるように見えたかね？」

十津川の質問に、今度は、北条早苗が、答えた。

「それは、分かりませんが、金子は、宮城刑務所で、戸村新太郎という、二十八歳の囚人と関係がありました。また、剣持隆平のほうは、網走刑務所で、中沢順一という囚人と、何かがあったと、思われます。この二人は、すでに、出所しているのですが、示し合わせたように、彼らが、出所した後は、会ったこともないし、今後も、会うつもりもない。刑務所にいた頃には、名前では、覚えていなくて、番号で覚えていたから、戸村新太郎とか、中沢順一という名前は、知らなかったといっています」

「君は、その説明を、本当だと、思ったのかね？　それとも、ウソだと、思ったのかね？」

「八割方、ウソをついていると、思いました」

「何故《なぜ》、ウソをついていると思ったのかね？」

「私たちが、戸村新太郎と中沢順一について話をしている時、金子も剣持も、同じように、顔を、背《そむ》けていました。二人とも、私たちと、目を合わせようとしなかったんです。何の関係もないのなら、まっすぐ、私たちのほうを見て、話をすればいいのに、顔が、横を向いていました。たぶん、眼が反応してしまったらマズいと、意識的に、ソッポを向いていたんだと、思います」

「宮城刑務所に、服役していた戸村新太郎だが、逮捕理由は、改造拳銃を造って、暴力団に売り、その中の一丁が、殺人に使われた。確か、そういうことだったね？」

「はい。そうです。中沢順一は、資産家の生まれで、若い時から、猟銃所持の許可をもらって、一丁百万円以上もするような外国製の猟銃を、三丁も持っていましたが、その猟銃を使って、殺人を、犯してしまったんです」

「ほかに何か、気になったことがあるかね?」

十津川が、きくと、三田村が、

「剣持隆平ですが、小田原のマンションに入居するとすぐ、小田原警察署に、猟銃所持の許可を、申請しています。警察は、剣持には、前科もないし、十年も、網走刑務所で、看守として働いていたという、これ以上、信用のおける経歴はないと、判断して、すぐに、許可を下したと、いっていました。どうにも気になりますね。この後、剣持隆平が、猟銃を二丁、三丁と購入しても、われわれには、それを、止める手段がありませんから」

三田村が、心配そうな顔で、いった。

三日後その不安が、現実のものとなった。

剣持隆平が、四十万円の、二連銃と、実弾三百発を、購入したことを、十津川たちは知った。

(何かが起きるのだろうか?)

# 第三章　標的は十津川

## 1

突然、彼らが、姿を消してしまった。

元看守の、府中刑務所の森口亮、網走刑務所の剣持隆平、それに、宮城刑務所の金子慶太の三人である。

三人と関係があったと思われる、元囚人たち、安藤吾郎、中沢順一、戸村新太郎を加えて、全部で、合計六人が姿を消してしまったのである。

刑が執行された死刑囚、横山浩介は、十津川に向かって、誰かが、石見銀山の爆破を考えていると、教えてくれたが、まだその事件は起きていない。

それに、決定的な話でもなかった。

従って、警察としても、三人の元看守や、三人の元囚人を監視しているわけには行かなかった。

それでも、十津川は、石見銀山のある島根県の県警に、ファックスを送っておいた。断定はできないが、今、こういうウワサが、出ているとだけ書いて、それを送ったのである。

しかし、その後一ヵ月、何事も起きなかった。

上司の本多捜査一課長や、三上刑事部長は、最初の中《うち》、十津川の話を真に受けて心配していたのだが、一ヵ月間、何も起きないと、単なるホラ話ではないかと、受け取るようになっていった。

三上刑事部長などは、

「君は、死刑囚、横山浩介の話を、真に受けているようだが、一ヵ月経ったのに、何事も起きないところを、見ると、やはり、君のことを、からかったんだよ。どうせ、死刑になるんだから、ウソをついて、自分を逮捕した刑事を、からかってやろうと、石見銀山の話を、持ち出してきたんじゃないのかね？」

「今でも、私には、あの話が、冗談だとは思えませんが」

「しかし、一ヵ月経っても、何も起きないじゃないか？」

三上が、いった。

「三人の元看守と、三人の元囚人が、いい合わせたように、姿を消しています」

十津川が、いっても、三上は、笑って、

「それは、君たちが、しつこく、元看守や元囚人たちに会って、いろいろと、質問したりしたから、向こうも煙たくなって、姿を消してしまったんじゃないのかね。特に、元囚人にしてみれば、警察から、あれこれ聞かれるのは、嫌だろうからね」

と、いった。

亀井は、十津川を慰めるように、

「やっぱり、上のほうは、そんな受け取り方ですか？」

「そうなんだ。一度、石見銀山に行って、向こうに、どんな危険があるのか調べたいのだが、この様子では、許可が出るとは、思えない」

「そう思って、石見銀山の写真集を、買ってきましたよ」

亀井は、分厚い写真集を、机の上に置いた。

十津川は、それに、目を通した。

「坑道は、間歩《まぶ》というみたいだな」

「主な間歩が、三つあって、そこから、坑道が延びています」

と、亀井が、いってから、

「石見銀山を爆破するといっても、いったい何をするつもりですかね？　今はもう、銀は掘っていませんから、そんな、空っぽの坑道を爆破したところで、誰も困らないんじゃありませんか？　もちろん、世界遺産に登録されたのに、壊されてしまったら、大損害ですが、それによって、人命が、奪われることもありません」

「石見銀山を、爆破すること自体に、意味はないんだろう。世界遺産を爆破するぞと、脅かして、大金を手に入れようとしている。私は、そう思っているんだ」

「しかし、どこの誰を、脅かすんですか？　世界遺産というと、やっぱり相手は、文化庁ですかね。しかし、世界遺産を破壊するぞと文化庁を脅かしても、文化庁は、金を払わないんじゃありませんか？　脅迫に屈するなといって」

「そうだろうね。政府は、脅かされても、金を払わないだろう。人命がかかっているとなれば、別だが」

「石見銀山は、世界遺産になったので、連日、たくさんの観光客が、訪れているそうですから、坑道の入り口を爆破して、その観光客を、閉じ込めるつもりですかね？」

「それは考えにくいね。そんなことをしたら、政府は、ますます、金を払おうとしなくなる」

十津川は、難しい顔で、いった。

さらに一ヵ月経った六月一日、突然、十津川は、三上刑事部長に、呼ばれた。

2

十津川が、急いで、刑事部長室に行くと、そこに、本多捜査一課長もいた。

「今から一時間前に、石見銀山の、坑道の入り口の一つが、爆破された。ただし、被害は、そう大きなものではない。おそらく、犯人は、脅かすために、小さな爆発を起こしたものと、思われる」

三上が、十津川にいった。

「それで、誰が、何を要求しているんですか？」

「犯人の声明がここにある」

三上刑事部長が、ファックスされてきた紙を、十津川に、渡した。

そこには、大きな字で「警告」と書かれてあった。署名は、「世界遺産を愛する者」とだけある。

本文は、こうなっていた。

「今回、世界遺産の一つ、石見銀山で、三つある坑道の入り口の一つを、爆破した。手心を加えた爆破だから、数時間で、修復することは可能だろう。

しかし、われわれは、坑道の至るところに爆弾を、仕掛けておいた。

もし、それを探そうとすれば、すべての爆弾が、爆発し、石見銀山は、跡形もなく、消えてしまうことになる。

われわれは、要求する。

われわれの軍資金として、十億円を要求する。

今から五日以内に、十億円が、支払われなければ、ただちに、スイッチを入れて、石見銀山のあらゆる坑道を爆破する。そうなれば、石見銀山は、世界遺産では、なくなってしまうだろう。

今から五日間である。

その間に、要求する十億円を、われわれに支払うこと。五日後にもう一度、連絡する」

「十億円ですか」

「ああ、十億円だ」

「この妙なグループですが、いったい、誰に対して、十億円を、要求しているんですか？」

「それがだな、君に要求しているんだよ」

と、三上が、いった。

一瞬、十津川は、あっけにとられ、こんな時に、どうして、三上刑事部長が、冗談をいうのかと、腹が立った。

「本当のことを、話してくれませんか？」

「だから、本当のことを話している。連中が要求しているのは、十津川君、君に対してなんだよ」

「私には、十億円なんて、ありませんよ。いや、十億円どころか、百万円だってありません」

「その声明が、送られてきた後、次の声明が、来た。それがこれだ。君の名前が、書いてある」

と、三上が、いった。

二通目の声明には、こんな言葉が、並んでいた。

そこには、「十津川警部に告ぐ」とあった。

「君は、自分が逮捕した、佐野義郎《さのよしろう》、三十七歳のことを覚えているか？去年の五月十五日の夜、佐野義郎と共犯者の菊池修《きくちおさむ》、三十五歳は、成城学園《せいじようがくえん》に、豪邸を構える資産家の、大沼信一郎《おおぬましんいちろう》、六十歳の自宅に忍び込み、大沼信一郎と妻の瑞枝《みずえ》の二人を脅かして、十億円の現金を、奪い取った。

大沼夫妻は、先祖代々の資産家で、十億円の現金を、自宅の床下に、隠しているといわれていた。

その十億円を、佐野義郎たちは、奪って逃げた。

十津川君。君が、この事件を捜査し、五日後に、主犯の佐野義郎を逮捕し、その直後に、共犯の菊池修の死体が、発見された。

警察は、主犯の佐野義郎が、十億円を、独り占めしようとして、共犯の菊池修を、殺したとの見方を発表した。

しかし、肝心の、十億円は、未だに見つかっていない。

その十億円を、今から五日間で見つけ出して、われわれに、支払うのだ。さもなければ、五日後に石見銀山は爆破され、世界遺産の一つが消えることになる」

確かに去年の五月十五日夜、佐野義郎と菊池修の二人が、成城学園の資産家、大沼信一郎夫妻の豪邸に、忍び込み、二人を脅かして、十億円の現金を奪って逃げた。

十津川たちは、五日後、主犯の佐野義郎を逮捕したが、共犯者の菊池修のほうは、すでに殺されていた。

主犯の佐野が、十億円を独り占めしようとして、共犯者を殺したと、考えられているのだが、証拠はない。

そのため、起訴された佐野義郎は、殺人罪ではなくて、強盗と窃盗の容疑で、五年の刑を受けて、宮城刑務所に収監され、今も、入っているはずである。

今に至っても、佐野義郎は、十億円を、どこに隠したのか、一切しゃべっていない。

「五日間で、十億円を探し出すというのは、いくら何でも、無理です。それに、この十億円は、大沼夫妻のものですからね。見つけ出したとしても、この犯人たちに、その十億円を、渡すわけにはいきませんよ」

と、十津川は、いった。

「ところが、それができるんだよ」

三上が、いう。

「どうしてですか？」

「強盗に、十億円の現金を奪われたショックで、その後、大沼信一郎氏、六十歳が、亡くなっている」

「それは知っています」

「それで、今は、六十一歳の未亡人、大沼瑞枝さんが、残っているんだが、さっき電話したところ、現金を奪われたショックで、夫が亡くなって以来、金銭に対しての欲が、なくなりました。もし、その十億円が、見つかって、世界遺産を救うことが、できるのなら、喜んで、十億円を寄付しますといってくれたんだ。だから、君が、その十億円を見つけ出すことに、成功したら、それを身代金にすることが可能なんだ」

3

夕刊に、石見銀山について、こんな記事が載っていた。

「今日、石見銀山の坑道の入り口が、音を立てて崩れてしまった。

爆破されたのではないかという、噂もあるが、石見銀山を管理する事務所の話では、長年の傷みから、崩壊したもので、爆破されたものではないという。

ただ、ほかの箇所も、崩落の恐れがあるので、今日から五日間、見学者は、中に入れないことになった」

一方、十津川を首班とする対策チームが、警視庁捜査一課の中に、組織されることになった。

「妙なことに、なってきましたね」

と、亀井が、いう。

「まさか、私に、金銭の要求があるとは、思わなかったよ。三上刑事部長の話では、元の持ち主の大沼信一郎氏の未亡人、大沼瑞枝さんが、喜んで、全額を寄付するというから、今度の脅迫事件には、十億円が、使えるんだが、果たして見つかるかどうか、それが、問題だな」

「宮城刑務所に、収監されている佐野義郎は、今でも、十億円の隠し場所を、話していないんでしょう？」

「さっき、電話で、刑務所の所長に聞いたんだが、頑として、しゃべらないらしい。とにかく、五年経てば、刑務所から出られるんだからね。それまでは、何としても黙り通そうと思っているんだ」

「どうしますか？　宮城刑務所に行って、佐野義郎に、会ってみますか？」

「会っても、まず、口は割らないだろうが、できる限りのことは、やらないわけにはいかない。これから一緒に、宮城刑務所に行ってくれないか？」

十津川が、亀井に、いった。

すぐ、東北新幹線で、仙台《せんだい》に向かった。

駅から、宮城刑務所に直行して、佐野義郎に会った。

顔を合わせたとたん、佐野は、ニヤニヤと笑って、

「誰かと思ったら、俺を逮捕した、十津川さんと、亀井さんじゃないですか。どうしたんですか？ ひょっとすると、何か、差し入れでも、してくれるんですか？」

「何か、欲しいものが、あるのかね？」

十津川は、気持ちをおさえて、いった。

「俺がいったら、何でも、差し入れてくれますか？」

「内容によるな。何が欲しいんだ？」

「そうだな。きれいな女、それも、二十代の女が欲しいな。ここには、女がいないから」

からかうように、佐野が、いった。

「冗談はそのくらいにして、君に聞きたいことがある」

「答えは、ノーだ」

「まだ、何もいっていないじゃないか」

亀井が、怒った口調で、いった。

「お二人が、俺に何を聞きたいのか、分かっているからですよ。例の十億円の行方《ゆくえ》を、話せというんでしょうが。違いますか？」

「ああ、奪った十億円を、どこに隠したのか、話してもらいたい」

「どうして、警察に教えなければならないんですか？　それに、俺は、あの十億円を、どこに隠したのか、忘れちまいましてね。最近、歳を取ったせいか、どうも、物忘れがひどくてね」

佐野が、また、ニヤニヤした。

「君も、もう三十八歳だ。五年の刑期だから、出られるのは、早くても、四十歳を過ぎてからだ。この辺で、何か、世の中のために、なるようなことをしたいとは、思わないのかね？」

「お説教は、まっぴらだね」

「君は、世界遺産というのを、知っているかね？」

亀井が、きいた。

「名前ぐらいは知っているが、興味はないね」

「日本には十四ヵ所の、世界遺産がある。その中の一つを救うために、十億円の金が、必要なんだ。君が、十億円の行方を教えてくれると、世界遺産の一つを、救うことができるんだよ。君は一躍、英雄になれるかもしれない。そのチャンスを、摑《つか》もうと思わないか？」

「俺は、世界遺産なんかどうでもいいんだよ。面倒な話は、まっぴらだ。もう帰ってくれ。少し眠りたいんだ」

追いたてるように、佐野が、いった。

予想通り、十億円の行方は、聞き出せそうになかった。

十津川と亀井は、今は退却することにした。

4

二人は、すぐ警視庁に戻った。

捜査本部には、いつもの部下のほかに、応援が来て、全部で、二十人の刑事が集められていた。

刑事たちに向かって、十津川が、話した。

「宮城刑務所に行き、服役中の、佐野義郎に会ったが、彼の口から、十億円の行方を聞き出すことは、無理だと分かった。そこで、われわれで何とかして、五日以内に、十億円を探し出さなければならない。難しいのは分かっているが、全力を尽くしてくれ」

「やみくもに探しても、ダメだと思いますが、どこをどう探したらいいか、指示してください」

西本刑事が、いった。

「佐野義郎の刑期は五年だ。だから、五年間は、心配しなくても済むようなところに、十億円を隠したんだ。つまり、五年間は安心して預けられる場所、あるいは、人間に、十億円を託《たく》したと、思わざるを得ない」

「そのほかに、条件はありますか？」

日下《くさか》刑事が、きく。

「限定されることとして、もう一つ、時間がある。去年の五月十五日の夜十時、佐野義郎と共犯者の菊池修の二人は、成城学園の大沼夫妻の自宅に忍び込み、二人を殴りつけて十億円を奪って逃げた。すぐに捜査が開始され、五日後の五月二十日の夜七時に、佐野を逮捕した。その五日間に、佐野たちは、十億円を、どこかに隠したんだ。要するに、隠すのに五日間を、要したことになる」

「逮捕したのは、目白《めじろ》にあるビジネスホテルの一室でした。偽名で泊まっていたのですが、逮捕された時、共犯の菊池修は、見つかりませんでした」

確認するように、三田村刑事が、いった。

「その後で、共犯の菊池修は、多摩川の河原で死体となって、発見されたんだ」

十津川も、思い出すように、続けて、

「司法解剖の結果、菊池修が殺されたのは、五月十八日、主犯の佐野が逮捕される、二日前の午後九時から十一時の間と分かった。死体は、多摩川の河原の雑草の中に横たえられていたので、二日間、発見されなかった」

菊池修の死体が、発見され、五月十八日に殺されたと分かった時に、十津川は、意外な気がしたのを、今でも、よく覚えている。

主犯の佐野義郎は、最初から、共犯の菊池を利用して十億円を奪い、その後ですぐ、殺してしまったのではないかと、考えていたのだが、司法解剖の結果、事件を起こした十五日から、十八日までの三日間、菊池は生きていて、主犯の佐野と一緒にいたことが、分かったからである。

とすると、最初、佐野は、共犯者の菊池にも、分け前を与えるつもりで、いたのかもしれない。もちろん、すぐにも殺してしまいたかったが、菊池が用心していたので、なかなか、殺せなかったということも、考えられなくもない。

「もう一つ、条件がありますね」

と、亀井が、いった。

「十億円の現金というと、カサもあるし、約百キロの重さがあります。犯人が二人でも、そう簡単には、持ち歩くことはできないと、思うのですよ。ですから、奪ってすぐ、どこかに隠したか、あるいは、誰かに預けたのではないかと、私は考えます」

「その点は、同感だ」

と、十津川も、いった。

十津川は、事件について、考え直してみた。

事件の五日後、主犯の佐野義郎を逮捕したが、その後も問題の十億円は、見つかっていない。

事件の後、逮捕まで五日間しかない。その間に、新しく信頼できるような女を、作ったり、友人を作ったりするということは、まず不可能だろう。

もし、佐野が、自分の女に十億円を預けたとすれば、その女は、以前から親しかったということに、なってくる。

友人の場合も、同じである。

十津川は、あの時、同性、男の友人のことは考えなかった。なぜなら、信頼できる仲間だからこそ、共犯に、菊池修を選んだのではないのかと、考えたからである。

その菊池は、五月十八日に、無残に、殺されてしまっている。

その犯人は、主犯の佐野義郎であり、彼以外には、考えられなかった。共犯に選ぶような男がいて、それ以外に、十億円の現金を預けるような男は、いないに違いない。そう思ったのだ。

だとすれば、残るのは、女ということになってくる。

十津川たちは、必死になって、十億円を預かっていると思われる、佐野義郎の女を探した。

しかし、結局、見つけることは、できなかった。

「だが、佐野義郎には、十億円の大金を安心して預けておける女がいたんだ。それは間違いない」

十津川は、刑事たちに、いった。

「私もそう思います」

と、亀井がいう。

「普通なら、十億円もの、大金を奪えば、それを持って、どこかに、高飛びしようと考えるはずです。しかし、五日後に、逮捕された時、佐野義郎は、目白のビジネスホテルに、身を隠していました。佐野はどうして、東京都内に、残っていたのか？　それはおそらく、十億円を預けた女が、東京に、住んでいたからではないかと、思います」

十津川は改めて、佐野義郎という男の経歴を、調べ直した。

事件の時に、三十七歳だった佐野義郎は、東京の上野《うえの》で生まれている。父親は、オートバイの修理工場を、経営していた。

そのせいか、高校生の時、佐野は、暴走族の一員になっている。暴走行為と傷害で、逮捕され、少年院送りになった。そのため、高校は、中退している。

その後、上野を根城にするヤクザ組織に、入ったりしていたが、二十五歳を過ぎたあたりで、さすがの佐野も、これではダメだと思ったのか、足を洗っている。

といっても、サラリーマンになれるわけもなく、浅草周辺で、クラブのマネージャーをやったり、金が貯まると、自分でクラブを経営して、オーナーになったりしていた。

二十八歳の時、客とケンカをして殴りつけ、全治一ヵ月の重傷を負わせて、傷害罪で逮捕されている。一年間、府中刑務所に入っていたが、出所すると、またクラブを、経営することになった。

十億円強奪事件の共犯者、菊池修は、そのクラブに勤務し、佐野の下でバーテンをやっていた男である。

去年の五月十五日に、事件を起こした時も、佐野は浅草でクラブのオーナーをやってい

た。菊池も、そこで働いていたのだが、借金が溜まってしまい、店を閉める寸前だった。

そこで、資産家の老夫婦を襲って、十億円奪ったということに、なっている。

十津川たちは、佐野義郎が、小さなクラブを経営していた頃につき合っていた女たちを

探した。

その時、捜査線上にあがった三人の女の名前は、今でも暗記している。

一人目は、篠塚晴美《しのづかはるみ》、現在三十歳。上野のクラブのホステスである。

二人目は、伊藤美津子《いとうみつこ》、現在三十二歳。浅草で、美容院を経営していて、今もその店は

存在している。

三人目は、大杉里美《おおすぎさとみ》、現在二十九歳。AV女優だった。

この三人に、十津川たちは、何回も会い、尋問し、佐野義郎が十億円を盗み、捕まるま

での五日間の、彼女たちの行動も、徹底的に調べている。

しかし、十億円は、見つからなかった。

十津川は、もう一度、この三人に会ってみることにした。

5

十津川は、亀井と二人、上野のクラブで、今もホステスをやっている、篠塚晴美に会いに行った。その間に、ほかの刑事たちには、伊藤美津子と大杉里美のことを、調べさせた。

上野の、不忍池《しのばずのいけ》に面したビルの三階に、そのクラブはあった。

働いているホステスは十五、六人。篠塚晴美は、その中でも目立つ、美人のホステスだった。

十津川たちが、訪ねていくと、篠塚晴美は、小さく、肩をすくめるようにして、

「いくら聞かれても、私は、十億円なんていう大金のことは、知らないわよ。何しろ、佐野さんとは、そんなに、深いつき合いではないんだから」

と、いった。

「しかしね、佐野義郎は、ずいぶん熱心に、通ってきていたそうじゃないか？　君に惚《ほ》れて、自分は、浅草で小さなクラブをやっているので、こちらに来て、働いてもらえないかと、口説いたそうじゃないか？」

十津川が、いった。

「お客さんというのは、いろんなことをいって、口説くもんなのよ。それに、私は佐野さんのクラブで働く気なんて、全然なかったんだから」

「そんなふうには、受け取れないんだがね。ここのママに聞くと、君はある日、体の具合が悪いといって、店を休んだのに、その日、浅草の佐野のクラブに行って、一日、働いていたそうじゃないか？　そのことで、ママに叱られたんじゃないかね？」

「そんなこともあったけど、あれは、佐野さんに、土下座して頼まれたものだから、仕方なく、一日だけという約束で行っただけよ」

「しかし、佐野義郎が、君に、惚れていたことは間違いないんだ。君だって、満更でもなかったんじゃないのか？」

亀井が、きいた。

「さあ、どうだか」

篠塚晴美は、惚《とぼ》けた表情をする。

「君のことも調べたんだよ」

十津川が、いうと、晴美は、笑って、

「去年、ここに来た時も、刑事さんは、同じことをいっていたわよ。私のいったい何を調べたの？」

「生い立ちとか、性格とか、まあ、そういうことだ。君は、今でも、この近くの、マンションに住んでいるのかね？」

「ええ、同じマンションの五〇二号室。また、あの部屋を調べるつもり？　去年、刑事さんが来た時は、天井裏まで、探したわね。おかげで、部屋中が、ホコリだらけになって、後で掃除をするのが、大変だったのよ」

「できればもう一度、あの部屋を見せていただきたいな」

と、十津川が、いった。

「いいわよ。でも、この店が終わってからにしてね」

去年、調べたコーポ不忍の五〇二号室を、十津川と亀井は、もう一度、調べることになった。

篠塚晴美は、部屋の隅で、ニヤニヤ笑いながら、二人の刑事が、悪戦苦闘しているのを見ていた。

あの時も、部屋の中を、徹底的に調べたのだが、十億円は、見つからなかった。

それでも、もう一度、調べてみる。

冷蔵庫の中も、洗濯機の中も、押し入れも、棚の奥も、三面鏡の引き出しも、調べてみる。

しかし、やはり見つからなかった。

そこで、今度は、少しばかり、違った調べ方をした。ひょっとして、宮城刑務所に入っている佐野義郎から、このマンションに、手紙が届いているかもしれない。十津川は、そう思ったのである。

しかし、どこをどう探しても、佐野義郎からの手紙は、見つからなかった。

「佐野さんから、私に手紙なんか来ていないわよ」

晴美は、笑う。

しかし、晴美のその言葉は、信用できなかった。

手紙が来ても、おそらく、焼き捨ててしまうだろうと、思うからである。

特に、彼女が、どこかに十億円を隠していて、それを、どうするかの指示を与える手紙を送ってきていたとしたら、彼女は、それを読むや否や、廃棄してしまうに、違いなかった。

もちろん、佐野からの手紙は、全て、検閲されるから、十億円のことなどとは、書いていなかっただろう。たぶん、二人だけに通じる暗号か、隠語のようなもので、書かれていたはずである。

最後に、十津川は、彼女に向かって、いった。

「詳しい話はできないが、もし、君が佐野義郎から十億円を預かっていて、それをどこかに隠しているのなら、正直に、話してもらいたいんだ。十億円で、日本の有名な世界遺産が助けられるんだよ」

「十億円で、その世界遺産を買うの？」

バカにしたような口調で、晴美が、十津川に、きいた。

「簡単にいえば、そういうことだ。もし、君が、あくまでも否定していて、後になって、十億円が見つかったのなら、君は共犯者ということになって、間違いなく、刑務所行きだ。今、十億円を、警察に渡せば、君の罪は、問わないことにする」

十津川は、そういったが、晴美は、ただ笑うだけだった。

6

ほかの刑事たちが、伊藤美津子と大杉里美に会いに行き、その結果を、十津川に報告した。

今も前と変わらず、浅草の田原町で、美容院をやっている伊藤美津子に、会いに行った西本と日下の二人が、やや疲れた顔で、十津川に説明した。

「伊藤美津子の了解を得た上で、美容院の部屋と、彼女が住んでいる部屋の両方を、徹底的に調べました。しかし、十億円は、見つかりませんでした」

「彼女の両親が、同じ浅草で、天ぷら屋を、経営しているはずだが、そちらのほうも、調べたか？」

「もちろん調べました。ほかに、二歳年下の弟が結婚して、上野広小路《ひろこうじ》のマンションに住み、サラリーマンをしています。そちらにも、応援の刑事が行って、徹底的に調べましたが、十億円は見つからなかったという報告が、来ています」

と、西本が、いった。

三人目のAV女優、大杉里美のところには、三田村と北条早苗刑事のほかに、応援の二人の刑事が加わって、三鷹《みたか》にある彼女のマンションに、出かけていった。

去年は中野《なかの》のマンションに住んでいたので、彼女だけ、最近になって、引っ越したことになる。

彼女についていえば、佐野義郎自身、一度だけだが、アダルトビデオに、出演したことがあって、その時の相手役が、大杉里美だったという。

それで、仲良くなって、時々、佐野義郎がやっていた浅草のクラブに、里美が、遊びに来ていたことがあったらしい。

「彼女のマンションは、徹底的に、調べました。しかし、十億円は、どこからも、発見できませんでした」

三田村が、いった。

「しかし、彼女には、両親がいて、その両親は、横浜で、中華料理の店をやっているはずだ。そっちの店も調べたのか？」

十津川が、きくと、同行した北条早苗刑事が、

「そちらは、応援の刑事に行ってもらいました。電話で、先ほど、報告が来ています」

「どんな報告だ？」

「桜木町《さくらぎちょう》にある、その中華料理店も、また、両親が住んでいる、近くのマンションも調べたが、どちらからも、十億円は、見つからなかったということでした」

「やはり、十億円は見つからずか」

十津川は、小さくため息をついた。

そう簡単には、見つからないだろうと、覚悟していたが、それでも、失望は大きかった。

その日の、夜になって、捜査本部に、「十津川警部を呼べ」と、電話がかかってきた。

十津川が、電話に出ると、男の声で、いきなり、

「もう、一日経ったぞ。十億円は見つかったか？」

と、相手が、いった。

「残念ながら、まだ見つかっていない」

十津川が、そう答えると、相手は、

「今日一日でめげずに、明日も明後日も、頑張るんだな。あんたが頑張らないと、せっかく、世界遺産に登録された石見銀山が、この世からなくなってしまうぞ」

脅かすようにいって、電話を切ってしまった。

警察にかかってきた電話は、相手が切っても、繋《つな》がっていることに、なっている。そこで、逆探知した結果、男が電話をかけてきたのは携帯電話からで、その番号も、分かった。持ち主は、東京に住む、女子高生だったが、数時間前に、電車の中で盗まれたものであるらしいことが判明した。

深夜になって、三上刑事部長を中心に、捜査会議が、開かれた。

三上刑事部長から質問された十津川は、

「明日は、これまでとは、違った方法で探してみようと、思っています」

「具体的に、どうするつもりかね？」

「佐野義郎には信頼できる女が、いたと考え、前と同じように、三人の女について、調べましたが、やはり、十億円は見つかりませんでした。そこで、女性以外に、預けた相手がいると仮定して、捜査することにしたいと思っています」

「しかしだね」

と、三上は、首を傾げて、

「それほど親しくない人間に、十億円もの大金は、預けないだろう?」

「その通りです」

「君が調べた三人の女以上に、佐野には誰か、もっと親しい人間が、いると思うのかね?」

「そういう人間がいれば、見つけ出したいと思っています」

「例えば、こんなふうには、考えられないかね」

と、いったのは、本多一課長だった。

「現金で十億円となると、かさばるし、重たいはずだ。それを隠すのは、大変だから、どこかの銀行に、預金して、通帳だけ、どこかに隠している。そういうことは、考えられないかね?」

「ええ、そういうことも、一応、考えてみました」

「それで、調べたのか?」

「もちろん、佐野義郎という名前では、預けられないでしょうから、友人か、あるいは、女の名前で、預金したに違いありません。それも、去年の五月十五日から、二十日までの五日の間に、預金したと思われます。そこで、各銀行、信用金庫などに、片っ端から電話をかけて、その五日間に、十億円の現金を持ってきて、預金した者はいないかどうかを、調べてもらったんです。しかし、残念ながら、該当者は、いませんでした」

「預金したのでなければ、何かと、換えたということは、考えられないかね？」

今度は、三上が、いった。

「十億円の現金とですか？」

「そうだ。例えば、金塊《きんかい》がある」

「しかし、十億円の金塊と、いいますと、かなりの重さに、なってしまいます。おそらく、十億円の現金の、何倍もの重さになってしまうでしょう。それを隠すのも大変です」

「じゃあ、宝石はどうかね？　例えば、日本に、一つとか二つしかないような、貴重な宝石だよ。それを十億円で買って、誰かに預けておく。そういうことだってあり得るだろう？」

「そのことも、考えてみました。しかし、十億円のダイヤモンド、あるいは、ルビーということになると、かなり大きくて、有名な宝石ということに、なってしまいます。それだけ話題にもなるはずです。可能性は、少ないとは思いますが、全くないとも、いえませんので、去年、手を尽くして、宝石店やデパート、あるいは、シャネルやカルティエのような有名ブランドの専門店を、当たってみました。五月十五日から、二十日までの五日間に、十億円相当の宝石を売ったというところは、見つかりませんでした」

「やっぱり、その線は、ないか」

三上が、苦笑いした。

「しかしだね」

と、今度は、本多一課長が、いった。

「預金もしていない。金塊や宝石にも換えていない。とすると、誰かが、佐野義郎から十億円の現金を受け取って、それを、今でも隠し持っているということに、なってくるのかね？」

「その通りです」

「君はあくまでも、五日間という日数にこだわるわけだね？　その後で、預かっていた人間が、どこかに持ち去ったとか、あるいは、何かと交換したということは、考えられないのかね？　どうして、五日間に、そんなにこだわるのかね？」

「佐野義郎にしてみれば、せっかく、手に入れた十億円です。また、独り占めにしようとして、共犯の菊池修を、殺したのも、佐野義郎だと、確信しています。そうやって手に入れた十億円ですから、自分が逮捕される前に、どこかに隠すか、あるいは、信用のできる人間に預かってもらうことを、決めたのではないかと思うのです。そうしなければ、これからの五年間、安心して刑務所で、服役することができませんからね。自分の目で十億円を、どこかに隠したことを確認し、あるいは、誰かに預けたことを、確認した後で、逮捕されたと思うのです。したがって、この五日間に決めた通りに、今も、十億円を誰かが持ち、どこかに隠していると、確信しています」

7

翌日、十津川はもう一度、部下の刑事たちを集めた。

その席で、昨夜遅く、三上刑事部長と本多捜査一課長と話し合ったことを、刑事たちに伝えた。

「私は、あくまでも、五月十五日から二十日までの五日間の間に、佐野義郎は、どこかに、十億円を隠したか、あるいは、誰かに、十億円を託《たく》したと考えている。十億円を、何かに換えた、例えば、金塊とか、宝石とかに換えたということは、ちょっと、考えにくい。金塊に換えても、金塊自体が、重すぎるし、十億円もの宝石を、買えば、いやでもそれは、目立つことだし、調べれば、分かってしまう。そんなことを、佐野義郎がするとは、私には思えない。ここまでは、私の確信だが、そうなると、この五日間に、佐野義郎が、十億円の現金をどうしたかが、分からなくなってきてしまうのだ。それで、君たちの考えを聞きたい。十億円を手に入れた。それは、表には出せない金だ。一万円札で十億円は、かなりかさばるし、重たい。それを、どうやって隠したのか、どんな人間に、預けたのか？それについて、何か、考えがあれば、遠慮なく話してもらいたい」

と、十津川は、いった。

刑事たちの手は、すぐには、挙がらなかった。

それも、仕方がないことだった。佐野義郎が、もし、十億円を預けたとすれば、この三人の女ではないかと、考えて、彼女たちの名前を調べ、去年と今回の、二回捜索したが、十億円の現金は、どうしても、見つからなかった。

十億円の現金は、かさばるので、何か小さなものに換えて、隠しているのではないかとも考えたのだが、金塊は、重すぎて現実的ではない。

また、宝石に換えたとしても、十億円もの宝石は目立つから、宝石商やデパートを調べれば、すぐに分かってしまう。そういって、十津川自身が、否定しているのである。

そうなると、刑事たちが、手を挙げないのも、当然だといえるかもしれなかった。

長い沈黙の後で、亀井刑事が、やっと、

「考えられるのは、われわれが、去年、そして、今回調べた三人の女性以外に、佐野義郎が、もっと信用していた女性が、いたということではないでしょうか？」

「いや、いくら調べても、あの三人の女以外に、佐野義郎が信用し、十億円もの現金を、預けそうな女はいなかった」

「他に、佐野が信用している人間が、いるとすれば、両親じゃありませんか？」

「私も、同じことを考え、上野で商売をしている佐野義郎の両親についても、調べてみたんだ。しかし、両親が、十億円を預かっているという気配は全くない」

「そうなると、ほかには、考えようがありません。お手上げですかね？」

亀井が、ため息をついた。

「しかし、われわれが、佐野義郎を逮捕した時、十億円の現金を、持ってなかった。逮捕の日、彼が寝泊まりしていた、目白のビジネスホテルの部屋からも、十億円は、見つかっていない。何度もいうようだが、捕まるまでの五日の間に、彼は十億円をどこかに隠したか、誰かに預けたか、そのどちらかなんだ」

「佐野義郎が、自分で、どこかに隠したというのは、ちょっと、考えにくいのではありませんか？」

といったのは、西本刑事だった。

「理由は？」

「今、流行《はや》っているのは、レンタル倉庫だそうですよ。一畳ほどの小さな部屋に、錠《じょう》がついていて、部屋の湿度も適度に、保たれるようになっていますから、大事なものを、そこに預けても、心配はないそうなんです。契約した人間が、鍵《かぎ》を借り、自由に、その倉庫を利用することが、できるんです。もちろん、佐野義郎が、自分で、そのレンタル倉庫を借りたとは、思えません。例の三人の女の誰かの名前を使って、借りたに、違いないのです。そこに、ほかのものと一緒に、十億円を預けて鍵をかけた。そんなことが、考えられるのですが、佐野義郎は逮捕され、懲役五年の刑を受けて、現在、宮城刑務所に、収監されています。そんな長い間、借り主が現れないと、レンタル倉庫の会社のほうが、心配して、倉庫を開けると思うのですよ。いやでも十億円が発見されてしまう。そんな危険を、佐野義郎が冒《おか》すとは、私には、思えないのです。また、日本の銀行や信用金庫では、ダメですが、アメリカやスイスの銀行ならば、十億円を預かって、その秘密を、守ってくれます。ですから、そういうところに、十億円を預けたとします。預金通帳は作りますから、その預金通帳は、彼が刑務所に入っている間、誰かに、預けなければならないのです。われわれは、徹底的に、三人の女や、佐野義郎の両親の家も、調べました。その時、預金通帳は、見つかりませんでした。その線もないということです」

「そうなると、やはり誰かに、現金十億円を預けたということになってくる。三人の女は、ダメだった。ほかに、佐野義郎が、それだけ信用している男、あるいは、女がいるのだろうか？」

「そういう人間が、いるのなら、去年、あれだけ一生懸命、調べたんですから、見つかっていないというのは、おかしいと思いますね」

今度は、三田村刑事が、いった。

また、沈黙が始まった。

このまま、しゃにむに、調べ回っても、肝心の答えは、見つかりそうもない。そんな気がして、十津川も、しばらく黙っていた。

そんな時、急に、北条早苗刑事が、手を挙げた。

「ちょっといいですか？」

「何か意見があるのなら、遠慮なくいってくれ」

十津川が、促した。

「今まで佐野義郎が、十億円を預けたのは、信頼できるような女ではないか？　あるいは、信頼できる両親や、友人ではないかと考え、捜査は袋小路に入ってしまいましたが、私は、別にそれほど愛している女でなくてもいいし、信頼できる友人でなくてもいいのではないかと考えたんです」

と、北条早苗が、いった。

十津川は、首を傾げて、

「しかし、信用できない相手に、誰が十億円もの大金を、預けるだろうか？　考えてもみたまえ。佐野は、五年の刑を受けて、現在、宮城刑務所に、入っているんだ。その間に、十億円を預かった人間は、勝手に、使ってしまうのではないのか？　あるいは、十億円を持って、海外に、逃亡してしまうかもしれない。そうなっても、刑務所に入っている、佐野義郎には、どうすることもできないんだ。そんな危険を、彼が冒すとは、到底考えられないがね」

「確かに、そう考えれば、あり得ない話ですが、私は、事情によっては、あり得ると思います」

「その事情というのを、話してみたまえ」

「ここに殺人を犯した男か、女がいるとします。目撃者はただ一人、それが佐野義郎です。佐野の証言によっては、その男か、女は、逮捕され、刑務所送りになります。そうした全てを、佐野に握られている人間がいるとしたら、その人間に、十億円を預けて、佐野は、刑務所に入ったのではないか？　もし、その間に、預かった十億円を、勝手に使ったら、佐野は、出所してから警察に、自分は、そいつの殺人を目撃していると証言するといえばいいんです。その人間は、殺人罪で、逮捕されてしまいます。つまり、契約です。その人間は、十億円を預かるが、佐野義郎が証言しないという約束を守れば、黙って、出所するまで、十億円を預かり続ける。そういう契約があるとすれば、愛している女でなくてもいいし、信頼できる友人でなくても、いいのではないでしょうか？」

早苗が、十津川に、いった。

# 第四章　石見銀山

## 1

十津川は、部下の刑事たちに向かって、十億円強盗犯人佐野義郎と、何らかの関わりのある人間を捜《さが》し出せと、それだけを指示しておいて、亀井と二人、石見銀山に、行くことにした。犯人たちが、脅迫に使おうとしている、世界遺産の石見銀山を、自分の目で、確認したかったからである。

十津川と亀井は、その日の、羽田《はねだ》発十一時十五分のＪＡＬで、出雲《いずも》に向かった。出雲着は、十二時四十五分である。

宍道湖《しんじこ》に、突き出すようにして造られた、出雲空港に降りると、島根県警の葛城《かつらぎ》警部が、迎えに来てくれていた。十津川と同じ、四十歳の警部である。

葛城が、二人を覆面《ふくめん》パトカーに、案内した後、自らハンドルを、握ってから、

「お二人とも、お腹が、空いているんじゃありませんか？　それなら、私が、出雲そばのうまい店を知っていますので、そこへ、ご案内しますよ」

と、いう。

二人が、迷っていると、

「本来ならば、すぐにでも、石見銀山にご案内したいのですが、東京から、今度の事件の担当刑事さんが、いらっしゃると、話しましたら、関係者全員で、話し合いを持ちたいといいましてね。全員が、集まるのが、少し遅れるんです」

「それなら、食事をしてから、石見銀山に行ったほうがいいようですね」

と、十津川が、いった。

葛城警部が、案内してくれたのは、出雲市内にある、出雲そばの店だった。ひな祭りの日に、流しびなをするという、高瀬川《たかせがわ》のそばにある、店である。

「加儀《かぎ》」という屋号で、流しびなの役員をしているという、店の主人が勧める、三段重ねのそばを食べることにした。

少し遅めの、昼食を済ませると、葛城の運転する車で、十津川と亀井は石見銀山に、向かった。

国道九号線が、海岸沿いに、京都から山口まで延びている。その九号線を、西へ向かう。日本海が、見え隠れするが、今日は幸い風もなく、穏やかで、海面が、輝いているように見えた。

やがて、大田《おおだ》市と書かれた標識が、見えてきた。国道九号線から、左折して、その大田市の中に、入っていく。

「石見銀山は、大田市の中にあるんですよ」

と、葛城が、いう。

「まさか、町の真ん中に、あるんじゃないでしょうね？」

亀井がきくと、葛城が、笑って、

「もちろん、そんなことは、ありませんよ。ここからまだまだ、山の中に入っていくんですから」

葛城がいった通り、家並みが途切れると、道の両側は、林や田畑が続く、田舎の風景になった。十津川たちが乗った車は、山間《やまあい》を、さらに、奥に向かって進んでいく。

急に、山間に広い駐車場が現れた。

赤い瓦の建物が、建っていて、「石見銀山世界遺産センター」と書いてある。駐車場には、ウィークデイにもかかわらず、三十台くらいの自家用車と、大型の観光バスが二台停まっていた。

「ここは、十月に、フルオープンする予定に、なっています」

葛城が、いった。

「観光客は、ここで、車を降りて、歩くわけですね？」

十津川がきくと、葛城がうなずいて、

「ええ、そうしてもらう方向に、動いています。ただ、今日は、奥まで車で、行くことができますよ」

「いや、私は、ほかの人と同じように、ここから、歩いてみたい」

十津川が、いい張って、三人は、車から降りると、ほかの観光客と同じように、奥に向かって歩き出した。

川沿いに、細い道が、延びている。

その道を歩いて行くと、急に目の前に、いかにも、古そうな家並みが、続いているところにぶつかった。中には、立派な昔の代官所や、大きな構えの、昔の酒造りの家があり、しっくいの壁の白さや、この地方独特の赤い屋根瓦が、美しい色彩のコントラストを見せている。しかし、ほとんどの家は小さくて、半分くらいには、人が住んでいる気配がなかった。長い間、風雨にさらされて、木の壁も玄関の格子《こうし》も、脱色されたモノトーンの世界である。

どの家にも、窓には、京風の格子があって、それが、いかにも、古い家並みに見せている。それでも、何軒かの家の軒先には、石見銀山のお土産《みやげ》が、並べられているのだが、数が少なくて、本気になって、それを売ろうとしているようには、見えなかった。

「ここが大森町です。大田市大森町。この大森町は、昔のままの古い家並みなので、石見銀山と同時に世界遺産に、なっていますが、住んでいる人たちは、ちょっと、戸惑っているんですよ」

葛城が歩きながら、十津川たちに、説明してくれた。

「空家になっている家も、あるみたいですね」

「持ち主は、ちゃんといるんですが、ご覧のように、古い建物ですから、住むには不便なんですよ。この大森町をどうしたらいいか、どういうふうに、保存したらいいか、そういうことを、みんなで話し合っているのです。それが決まるまで、ここには住まず、外に住んでいる人の家が、何軒かありますね」

と、葛城が、いった。

「さっき、大きな家の前を、通りましたが、熊谷家と、いうんですか？　あの家のことは、週刊誌で、読んだことがあります」

亀井がいうと、葛城が、うなずいて、

「熊谷家は、この大森町で、いちばん、大きな家でしてね。江戸時代には、代官所の御用《ごよう》達《たし》だったり、鉱山を経営したり、酒造業をやったりしていたのですが、今は、女性たちが、保存に当たって、観光客に家の中を、見せています。今日は、あの家で会議を持とうと、思ったのですが、ウィークデイでも観光客が、かなり来ていて、あの家を見たいという人が、多いので、他の場所にしました。これから、ご案内します。少し狭い家で、恐縮ですが、我慢してください」

と、いった。

葛城が案内したのは、昔は寺だったが、今は普通の住居になり、石見銀山ガイドの会の会長が、家族で、住んでいるという家である。

角のとれた石段を登っていくと、前は、お寺だったという証拠のように、鐘楼《しょうろう》があったが、鐘は外されている。その横に、家族の住む母屋があった。

おそらく昔は、有名なお寺だったのだろう。立派な庭と池が、あった。庭は、いかにも古く、大きな石を使った橋が、池にかかり、鯉と、なぜかオタマジャクシが、群を作っていた。

「京都の、雪舟《せっしゅう》作の庭と、同じだそうです」

葛城が、説明した。

庭に面した部屋に入ると、石見銀山の、世話役や有力者たちが、集まって、十津川を、待っていた。

その一人一人を、この家の主人で、同時に石見銀山ガイドの会の、会長という西川《にしかわ》が、十津川に、紹介してくれた。

大田市の坂井《さかい》市長、石見銀山資料館の中山《なかやま》館長、この辺りの有力者で、石見銀山と大森町の保存に、資金を出している中尾《なかお》という世話役たちだった。

十津川は、その人たちと挨拶《あいさつ》を交わしてから、

「まず、今、どんな状況か、それを、話してもらいたいんですよ。私は初めて、この石見銀山に、来たものですから、勝手が分かりません」

と、正直にいった。

坂井市長が、代表する形で、十津川に、現状を説明した。

「石見銀山には、間歩《まぶ》と呼ばれる坑道が、何ヵ所か、あります。後でゆっくり、見ていただきたいと、思いますが、その中で、龍源寺《りゅうげんじ》間歩というのが、坑道の長さは、短いものなのですが、現在、一般に、公開されています。そしてもう一つ、大久保《おおくぼ》間歩というのは、龍源寺間歩に比べて、相当大きなものですが、こちらのほうも、公開されています。とこ

ろが、昨日突然、龍源寺間歩の入り口付近で、小さな爆発があって、天井から、わずかですが、落石がありました。それで、観光客を入れるのは、危険なので、二、三日、様子を見ようと思っていたところ、大田市役所に、男から、電話が入ったんです。龍源寺間歩全体に、爆弾を仕掛けた。もし、誰かが入ったり、坑道の中を調べたりしたら、坑道を爆破して、二度と、人間が入れないようにする。大久保間歩のほうにも、爆薬を仕掛けた。したがって、しばらくの間、観光客を、坑道に入れないほうがいい。そういう電話でした」

坂井市長が、そこまで、説明すると、続いて、石見銀山の世話役で、スポンサーの一人でもある中尾が、

「私と、こちらにいる、石見銀山資料館の、中山館長のところにも、男から、電話がありましてね。今、坂井市長がいったのと、同じような内容でした。男の言葉が、本当かどうか分からないので、調べてみようじゃないか、ということになりました。まあ、怖いもの見たさといいますか、私と、資料館の中山館長、それから、ガイドの会の西川会長の三人で、龍源寺間歩の中を調べることにしたのですが、一歩足を、踏み入れた途端《とたん》に、突然、ものすごい警戒音というんですか、響き渡りましてね。慌《あわ》てて、私たちは、飛び出しました。どうやら、電話の男がいっていた、龍源寺間歩と大久保間歩の中に、爆発物を仕掛けた、人が中に入れば、爆発するというのは、ウソではないようなので、坂井市長とも、話

して、こちらにいる、島根県警の葛城警部に、電話をしたんです。今回、東京から、警視庁の刑事さん二人が来るというので、それならみんなで集まって、これからどうしたらいいかを、相談しようということになったんです」

2

十津川は、手帳を取り出すと、

「それでは、こちらの事情を、お話しします。私は、警視庁捜査一課の人間で、こちらにいるのも、同じ課の亀井刑事です。ある事件を、捜査していたのですが、私たちが、調べようとしていた人間たちが、どうやら、この石見銀山を、爆破すると脅かして、十億円を、要求してきているらしいのです」

「十津川さんは、この石見銀山に爆弾を仕掛けた犯人が、分かっておられるのですか？」

ガイドの会の西川会長が、きいた。

「まだ、はっきりと、断定はできないのですが、現在、容疑者として、六人の男の名前が、挙がっています」

十津川がいい、亀井が、用意してきた資料を、そこにいる人たちに、渡した。

資料は、三人の元刑務所看守と、その三人と付き合いのあった、元刑務所の囚人、合計六人の名前と、顔写真が載っているものだった。

「この六人が、石見銀山の間歩に、爆弾を仕掛けたのですか？」

資料館館長の中山が、きく。

「まだ、犯人とは断定できませんが、容疑者であることは間違いありません。六人の中の安藤吾郎という三十八歳の男が、元自衛隊の隊員で、爆発物処理班に、いましたから、ダイナマイトや、プラスチック爆弾の扱いには、慣れていると思われます」

「この連中は、石見銀山を爆破すると、脅かして、いったい何を、要求しているのですか？」

坂井市長が、きいた。

「さっきも、いいましたが、十億円の現金です」

「十億円なんか、われわれには、払えませんよ」

世話役の中尾が、大声を出した。

「犯人たちが、十億円を要求している相手は、こちらの方々では、ありません。東京のわれわれに対して、要求しているわけで、幸い、その十億円は、何とか、用意できる目途《めど》が立ったので、今後、犯人は、東京のわれわれと、交渉するはずです」

「そうなると、われわれは、どうすればいいんですか？」

ガイドの会の会長、西川が、十津川に、きく。

「そうですね、静かに、見守っていていただければ、それで、いいと思いますが、間歩には事件が解決するまで、近づかないほうがいいと、思います」

「それでは、そこにご案内しますよ」

西川が、いった。

十津川と亀井を含めて七人が、川沿いの細い登り坂を、間歩という坑道に向かって、歩いていった。

リュックサックを背負った観光客が、ウィークデイにも、かかわらず、何人も歩いているのに、ぶつかった。

やがて、龍源寺間歩と書かれた、小さな案内所が見えてきた。

そこに女性が一人いて、受付のところに、「申し訳ありませんが、落石の恐れがありますので、現在、龍源寺間歩の公開は、中止しています」とあった。

観光客は、案内所で、料金を払って、龍源寺間歩と呼ばれる坑道に、入っていくのだが、今は、入り口には柵《さく》が作られ、案内所にあったような貼り紙が、貼ってある。「落石の恐れがありますので、中には入れません」という、注意書きである。

亀井が、柵を、少しずらして、坑道の中に一歩、足を踏み入れたが、途端、けたたましい警報が、鳴った。

亀井は、苦笑しながら、外に出てくると、十津川に向かって、

「やはり、坑道の中には、何ヵ所か、爆発物が仕掛けられていると、考えて、いいかもしれませんね」

と、いった。

「この龍源寺間歩というのは、どのくらいの奥行きが、あるんですか？」

十津川は、ガイドの会の西川会長に、きいた。

「ここから入って、百六十メートルくらいしか、行かれません。もちろん、その奥にも、坑道はあるのですが、危険ですので、そこからは、新しく作った出口用の坑道に、入ってもらうことになっています」

西川が、いった。

「すると、かなり、短いものですね？」

「ええ、確かに、短いのですが、坑道の至るところに、狭い横穴が、掘ってあるんですよ。つまり、ところどころで、銀があると思うと、人間が、這《は》って歩けるくらいの狭い坑道を作って、寝そべりながら、鉱石を掘り出して、運んだ。そういうものがたくさんあります

から、全体としては、それほど、短くはないんです」

と、いった。

次に、案内されたのは、大久保間歩だった。そこにも、案内所が設けられている。間歩の入り口は、その近くにあったが、案内所にも、入り口にも、龍源寺間歩と同じように、「落石の恐れがありますので、中には入れません」という立て札が、立っていた。

「ほかにも、銀山関係の、遺跡があるんですか？」

十津川が、きくと、西川会長が、

「清水谷製錬所跡《しみずだにせいれんじょ》というのがあります。明治の頃、鉱業会社の藤田組《ふじた》が、当時の金で、二十万円という、大金を投じて作った、銀の鉱石を、製錬する施設です」

と、教えてくれた。

そこに向かって、歩いていく途中で、十津川は、銀の製錬所跡というから、何か廃墟《はいきょ》のような工場があるのではないかと、想像したのだが、実際に、行ってみると、工場とは、似ても似つかぬものだった。

そこにあったのは、八段に積み重ねた、石積みだった。まるで、城の石垣のように、見える。

ただ、石垣と違うのは、石を積んだ壁のところに、五つの穴が、空けてあるということだった。たぶん、その穴の中で、銀の鉱石を製錬していたのだろう。

「少しばかり、ガッカリされたようですね」

坂井市長が、笑いながら、いった。

「ガッカリしたというよりも、ちょっと、驚きましたね。段々の石垣があるだけで、これを銀の製錬所跡だといわれても、信じられませんね」

「誰もがここに来て、同じような意見を、いいますよ。さっき、ご覧いただいた龍源寺間歩とか、大久保間歩で、掘り出した鉱石を、ここまでトロッコで持ってきて、製錬していたんです。しかし、採算が、取れなくて、一年半で、中止になったと、私は聞いています」

「しかし、どう見ても、私には、製錬所跡には見えない。これが、どうして、世界遺産になったんでしょうか？」

十津川が、きくと、資料館の中山館長が、

「これだから、世界遺産になったといってもいいんですよ。細々とでも、銀の製錬を続けていたら、世界遺産には、なりません。すでに、石見銀山は、銀の採掘を、止めていますし、ここも、製錬を止めています。それだからこそ、世界遺産になっているんです」

と、いった。

（確かに、そうかもしれない）

十津川は、考え方が、変わった。

今も、石見銀山で銀が掘り出され、その鉱石が、トロッコで運ばれてきて、ここで製錬されていたら、確かに、世界遺産にならなかったろう。そんな鉱山は、いくらでもあるのだから。

十津川が、そのことをいうと、坂井市長が、笑って、

「石見銀山を、見に来る方は、たいてい、今でも銀は出るんですかときかれますよ。資料館の館長の中山さんが、いったように、今でも、銀が出ていたり、製錬されていたら、それは、遺産じゃないんです。石見銀山は、もう採掘が、終わって、銀山としての役目が終わってしまっています。この製錬所も動いていません。本当のことをいいますとね、この製錬所の跡は、最初、木に覆われていて、その奥に、製錬所があるとは、知らない人が、多かったんです」

と、いった。

世話役の中尾は、それにつけ加えるように、

「私は、世界遺産を決める委員の方が、来た時に、この周辺を、案内したのですが、その時、強くいわれたのは、世界遺産ともなれば、まず、自然との調和を、大事に考えて欲し

い。自然がダメになっているようなところは、世界遺産にはできない。この辺は、ご覧のように、自然がいっぱいです。その自然を保ちながら、同時に観光客の人にも来てもらいたい、それで、みんなで悩んでいるんですよ。道路などを鋪装《ほそう》して、歩きやすいように、したいんですが、そうすると、大事な自然を損なうことになってしまいますからね」

と、いった。

十津川は、改めて、周囲を見廻した。

なるほど、自然が豊かだ。いや、自然だらけといっていいかもしれない。周囲の森林からは、物音が聞こえず、聞こえてくるのは、鳥の声だけだった。

「この辺りは、夜になったら、まっ暗でしょうね」

十津川がきくと、ガイドの会の西川会長が、

「ええ、その通りです。ご覧のように、街灯一本ありませんから、夜になると、まっ暗ですよ」

「おそらく、犯人たちは、夜の暗さに紛《まぎ》れて、石見銀山に、忍び込み、さっき見た坑道に入り込んで、爆薬を仕掛けていったに、違いありませんね」

十津川が、いった。

「私たちは、これから、どうしたらいいんですか？　何もしないわけには、いきません

よ」

坂井市長がきく。

「それを、みんなで、話し合おうじゃありませんか？」

3

全員で、またガイドの会の、西川会長の家に、戻ることにした。西川の妻が、全員に、お茶と大福を出してくれた。

まず、十津川が、口火を切った。

「われわれは、東京で、犯人たちと向かい合っています。犯人たちを、逮捕すれば、彼らの自供によって、龍源寺間歩や、大久保間歩の、どこに、爆薬を仕掛けたかを割り出し、それを取り除くことは、できると思っています。しかし、みなさんにも、それぞれ、私たちに対して、要求があるのではないですか？　遠慮なく、それをいってもらえませんか？」

世話役の中尾が、

「十津川さんも、ご覧になったように、現在、龍源寺間歩は、公開を、中止しています。

大久保間歩のほうも同様です。それでも、観光客の皆さんは、来て下さっていますが、メインの間歩に入れないという話が、伝わると、そのうちに、観光客の足が、自然に、遠のいてしまうと思うのです。実は、石見銀山と、この大森町を、どう整備したら、観光客を呼ぶことができるか、みんなで、相談しました。整備するためには、どうしても、資金が必要です。一年に二億円から三億円が、必要ではないかと、計算したのですが、そうした寄付金を集めるためにも、メインの間歩は、一般公開したいのです。そうしないと、寄付も、集まらないでしょう。石見銀山としての収入も少なくなります。今、十津川さんから、犯人が、逮捕されたらという話を、聞きましたが、いつ、逮捕できるのか目途はつきませんか？」

「犯人の出方によりますから、何日までに、事件を解決するというようなことは、お約束できません」

正直に、十津川は、いった。

「われわれ、石見銀山の関係者にとっては、一刻も早く、間歩の爆発物を、処理して、観光客の方々に、来てもらいたいんですよ。それにはどうしたらいいか、それが分からなくて、困っているんです」

「県警で、龍源寺間歩と、大久保間歩に取り付けられた爆発物を、取り除くことはできませんか？」

資料館の中山館長が、島根県警の葛城警部に、きいた。

「われわれ県警よりも、自衛隊の、爆発物処理班に頼んだほうがいいと、思いますよ」

と、葛城が、いう。

「われわれで、勝手に、間歩に仕掛けられた爆発物を、処理しても構いませんか？」

坂井市長は、真剣な顔で、十津川にきいた。

十津川は、一瞬、迷った。

間歩に仕掛けられた、爆発物を、一刻も早く処理して、観光客に安心して間歩の見物をしてもらいたい。そういう地元の人たちの、希望もよく分かる。

しかし、十津川は、ためらってから、

「皆様の気持ちは、よく分かります。しかし、もし途中で、犯人たちに、気づかれたら、犯人は容赦《ようしゃ》なく、爆破スイッチを、押すと思うんですよ」

「その危険が、ありますか？」

「ええ、あると、私たちは思っています」

「われわれは、いつまで、我慢していればいいんですか？」

世話役の中尾が、十津川の顔を、じっと見て、きいた。

「われわれが、今回の犯人を逮捕するのに、あと一週間、いや、あと十日、時間を、いただけませんか？」

「十日経てば、間違いなく、犯人が、逮捕できるんですか？　そして、間歩に、仕掛けられた爆薬は、始末できるんですか？」

坂井市長が、十津川の目を見て、きいた。

「それまでに、犯人を逮捕するため、全力を尽くします」

としか、十津川には、いえなかった。

時間が遅くなったので、この日は、近くで一泊することにして、

「どこか、適当な旅館を、紹介してくれませんか？」

十津川は、県警の葛城警部に、頼んだ。

葛城が、案内してくれたのは、石見銀山にほど近い、日本海の、海岸近くにある、「温泉津」と書いて、「ゆのつ」と読ませる、古い温泉だった。

温泉津は、近くに、漁港があって、深く陸地に入った港は、海が荒れた時など、昔の漁師などが、風避《かぜよ》けに、泊まっていったという。その漁港を望む、小さな、温泉街である。

昔は湯治場《とうじば》として栄え、港のほうは、石見銀山で採れた、銀の積み出しで、栄えたという。

車を降りて、その温泉街を、歩いていくと、

（たたずまいが、石見銀山で見た、大森町によく似ている）

と、十津川は、思った。

それだけ、こぢんまりした、古い町並みである。その中の一軒に、案内された。木造三階建て、百年前に、建てられた旅館だという。

十津川が、旅館の女将《おかみ》に、夕食は何時かときくと、

「六時からですけど、最後は、八時です」

「じゃあ、八時にしてください」

八時までには、まだ、三時間以上もある。

「まだ明るいので、温泉津の町を、歩いてみたいですね」

十津川は、一緒に、旅館まで来てくれた、県警の葛城警部に、いった。

亀井を含めて三人は、まだ、明るい温泉津の通りへ出た。三人は、港の方向にゆっくりと歩いていく。

「静かですね」

亀井が、いうと、葛城警部は、

「静かですが、ほとんどの旅館が、満室だそうです」

「石見銀山が、世界遺産になったので、観光客がたくさん来る。その人たちが、この温泉津に、泊まるからですか？」

「そうですね。やはり、この温泉津が、石見銀山からいちばん近い温泉ですから。それに国道九号線を利用すれば、十五キロの距離ですから。山陰本線の、温泉津駅からは、車で五、六分で着きます」

さすがに、古い旅館街なだけに、今日、十津川と亀井が、泊まることになった、百年前に建てられたという旅館以外にも、古い旅館が、多かった。

新しい建物もあったが、それは、ほとんど、古い旅館の新館である。

「この温泉津には、何軒くらいの、旅館があるんですか？」

歩きながら、十津川が、きく。

「確か、主な旅館は、六軒くらいだと、思います」

「その旅館六軒で、収容人員は、どのくらいですか？」

「収容人員は、分かりませんが、六つの旅館を合わせて、部屋数は、六十から七十くらいに、なると思います」

「それが、今日はウィークデイなのに、それでも満室なんですか？」

「ええ、そうらしいですよ」

やがて、三人は、温泉津の港に、着いた。昔は、北前船《きたまえぶね》が、銀をここから積み出したということで、栄えていた港だが、今は、静かな入江に、漁船が五、六艘《そう》並んでいるにすぎなかった。

葛城警部は、立ち止まって、

「十津川さんは、今、何を考えておられるんですか？」

「今、私が、考えているのは、犯人たちのことです」

「さっき、石見銀山の役員たちと一緒に、私も、六人の容疑者の名前と、写真の載った資料を、いただきましたが、この六人が、犯人だと思っておられるわけですね？」

「ええ、そうです。十中八九、この六人が、犯人だと、思っています」

「そうなると、この犯人が、今、どこにいるかが、問題でしょう？」

「犯人たちは、二組に分かれていると、思っているのです。半分は、東京にいます。警視庁捜査一課に、ファックスを、送ってきた犯人がいます。東京の世田谷《せたがや》区内の、コンビニのファックスを使ったものと分かりました。これからも、犯人たちは、警視庁に、連絡してくるはずですから、何人かは、東京に、残っているはずです」

「コンビニのファックスを使ったのが、どんな人間だったか、コンビニの店員は、見ていないんですか？」

「残念ながら、店員は、見ていません。というのは、その日、コンビニのファックスを使ったのは、三人しかいなかったのですが、店には、店員が一人しかいなくて、この三人を、見ていなかったのですよ」

「そうでしょうね。犯人は、店員が、一人しかいない。忙しくて、ファックスの番までできない。そういう店を選んで、ファックスを、使ったんでしょうからね」

と、葛城は、うなずいた後で、

「グループの半分は、今、どこにいると、お考えですか？」

「石見銀山の近くに、泊まっていると、思っています。それで、あなたに、この温泉津という、石見銀山に近い場所に、何軒くらい、旅館があるかを、きいたのです」

「なるほど。確かに、この温泉津の温泉街ならば、石見銀山に近いし、何かと、便利でしょうね」

「犯人も、そう考えるでしょう」

「この、温泉津の旅館に、容疑者が泊まっているかどうか、その調査は、県警に任せてもらえませんか？　刑事を督励《とくれい》して、温泉津の旅館全てを、調べてみますよ」

と、葛城警部が、いってくれた。

「そうですか。ぜひ、お願いします」

十津川が、いうと、

「十津川さんと亀井さんが宿をとった、あの旅館については、お二人で調べてください。他の旅館は、私がやります」

葛城警部は、自分の携帯を、使って、島根県警に、すぐに電話をかけ、至急二十名の刑事を、温泉津に来させるようにと、指示した。これで、この温泉津の町に、容疑者たちが、泊まっているかどうか、はっきりするだろう。

4

葛城警部と別れて旅館に戻ると、十津川は、さっそく、旅館の女将に、用意してきた容疑者六人の顔写真を、見せた。

「この六人ですが、この中に、今日、ここに泊まっている人は、いませんか？」

女将は、仲居を呼んで、一緒に六人の顔写真を、見ていたが、

「この方たちは、泊まっていらっしゃいませんね」

と、いった。

仲居も、首を、横にふった。

どうやら、この旅館に、泊まっている容疑者は、いないらしい。

二人が、自分たちの部屋に、夕食を運んでもらって、食べているところに、葛城警部から、電話が入った。

「今、二十人の刑事を、動員して、この温泉津の温泉旅館、全部を、当たりました。残念ながら、六人の容疑者が、泊まっているという返事は、聞けませんでした」

「分かりました」

十津川は、礼をいって、電話を切った。

「犯人たちは、この温泉津の旅館には、泊まっていないようだ」

「そうですか」

亀井が、少しガッカリした顔になった。

「私は、ここが、石見銀山からいちばん近いので、この温泉街を、根城にして、犯人たちが動いているんじゃないかと、思ったのだが、逆に考えれば、石見銀山に、いちばん近い旅館というのは、当然、警察も、目をつけるから、犯人たちも、本拠地にはしなかったのだろう」

二人は、夕食を済ませると、仲居に頼んでコーヒーを、淹《い》れてもらった。少し頭をはっきりさせて、今日、見学した、石見銀山の話を、二人でしようと、思ったからである。

「いちばん驚いたのは、今日は、ウィークデイなのに、たくさんの観光客が、石見銀山に、押しかけてきていることでした。自家用車も日本中から、来ているようだし、大型観光バスも来ていました。やはり、世界遺産に、登録された影響でしょうね」

と、亀井が、いった。

「だから、犯人たちは、石見銀山を、狙《ねら》ったのだろう。石見銀山が、観光客に見せたいものは、間歩と呼ばれる、あの坑道だろう。現在は、龍源寺間歩という坑道と、もう少し大きな、大久保間歩が、一般公開されている」

「それでも、わずかに、二ヵ所ですね？」

「だから、二発の爆弾でも、あの坑道二つが、使えなくなって石見銀山の売り物が失くなってしまう。犯人たちにしてみれば、それだけ、脅かしやすい世界遺産なんだ」

「犯人は、前から、石見銀山を狙っていたのかもしれませんね。世界遺産になっている、大森町の入り口のところに、診療所がありましたね。例の三宅四郎が、あの診療所で働いているんじゃありませんか？」

「そうらしいね」

「警部は、今日、三宅四郎に、会うつもりは、なかったみたいですね」

亀井が、いった。

十津川は苦笑して、

「今さら会っても、仕方がないだろう。あの時の判断は誤っていたと、そう思ったら、三宅四郎に会って、謝罪する。しかし、私は今でも、自分の判断は、誤っていなかったと思っているんだ。だから、会う必要は感じなかった」

と、いった時、彼の携帯電話が、鳴った。

東京からの連絡かと思って、十津川が、耳に当てると、

「温泉津の旅館で、いったい、何をしているんだ？」

と、男の声が、いった。

「誰だ？」

「あんたに、十億円を、探してくれと頼んだ人間だよ。そんなところで、ノンビリしていて十億円は、見つかるのかね？　もし、期限内に十億円が見つからないと、せっかく、世界遺産になった石見銀山が、機能を失うことに、なってしまうよ。それでもいいのかね？」

「いま、どこにいるんだ？」

「さあ、どこだろう。少なくとも、あんたがいる、温泉津に、いないことだけは確かだよ。とにかく頑張って一刻も早く、十億円を見つけ出すんだ。それが今、あんたに課せられた、

いちばんの、重要課題だろう。温泉なんかに浸《つ》かって、ノンビリしている暇はないぞ」

そういって、相手は勝手に、電話を切ってしまった。

「犯人からですか？」

亀井が、きく。

「そうだ」

「何を、いってきたんですか？」

「温泉で、ノンビリしていないで、早く、十億円を探せと、そういってきた」

「どうして、われわれが、この温泉津にいると、知ったのでしょうか？」

「犯人は、一人じゃない。六人もいるんだ。たぶん、そのうちの一人か二人が、私か、あるいは、カメさんを、ずっと尾行し、見張っていたんだと思うね」

「われわれが、犯人に、見張られているわけですか？」

亀井が、憮然《ぶぜん》とした顔で、いう。

十津川は、笑った。

「いいじゃないか。すでに、犯人六人の名前も顔も、分かっているんだ。それに、連中の要求は、十億円を、探すということだ。われわれが、探し出したら、その身代金を、巡って、犯人との戦いになる。その時こそ、犯人を逮捕するチャンスだよ」

と、いってから、携帯を使って、東京にいる西本刑事に、連絡を取った。

「どうだ？　佐野義郎に、借りを作っている人間は、浮かんできたか？」

十津川が、きくと、

「まだはっきりしませんが、三人ばかり、そうではないかという人間が、見つかりました。明日は、この三人について、調べてみるつもりです」

と、西本刑事は、いった。

「三人もいるのか」

「男二人に、女一人です。この三人の中で、いちばん、マークすべきなのが、長井実《ながいみのる》という男だと、思っています。年齢は、今年三十五歳です」

「佐野義郎とは、どんな、関係なんだ？」

「この長井実は、一昨年《おととし》の九月七日に、殺人容疑で、逮捕されているんです」

「どういう男なんだ？」

「警部は、『幻の私立探偵X』という漫画を、ご存知ですか」

西本が、きく。

「名前は、聞いたことがある。売れている漫画だそうじゃないか」

「その漫画を、描いているのが、長井実です。ほかにも連載漫画を持っていて、相当な売れっ子で、事件のあった一昨年の九月も、現在も、横浜《よこはま》市内の豪邸に、住んでいます」

「彼が、警察に、逮捕された事件というのは、何なんだ？」

「長井実には、三年前に、結婚した奥さんがいます。最初は、長井のアシスタントをしていたんですが、三年前に結婚したわけです。名前は小百合《さゆり》。長井より二歳年上です。この結婚については、最初から、二人の周りでは、危ぶむ声があったようで、その理由は、長井の女癖の悪さです。結婚から一年経った、一昨年の九月五日の早朝、平塚《ひらつか》付近の海岸で、彼女が死体となって、発見されました。ノドを絞められた跡があり、死亡推定時刻は、前日の、午後八時から九時の間とあって、神奈川県警は、夫の長井実を、逮捕したわけです。長井は、一人で、横浜の家にいたと主張しましたが、それを証明する人間が、いませんでした。それで、神奈川県警は、彼を逮捕したのですが、突然、長井のアリバイを、証明する人間が出てきたんです」

「それが、佐野義郎か？」

「ええ、そうです」

「佐野は、どんなふうに、アリバイを、証明したんだ？」

「まだ、簡単にしか聞いていないのですが、何でも、佐野は前から長井実のファンで、九月四日に横浜の自宅に、長井実を訪ねていって、無理矢理、サインをしてもらって、帰ったといっているんです」

「つまり、その時間が、八時から九時というわけだね？」

「そうらしいです。明日になれば、神奈川県警に行って、詳しい話を、聞けると思っています」

「そうしてくれ」

「ほかの二人については、今、お話ししなくても、構いませんか？」

「明日、帰ったら、改めて、三人について話を聞くよ。東京に帰るのは、明日の午後になると思うので、その間、長井実という漫画家について、もっと、詳しく、調べておいてくれ」

と、十津川が、いった。

十津川は、電話を切ると、今、西本が話していたことを、亀井に伝えた。

「いい話じゃありませんか。それが本命かもしれませんよ」

笑顔で、亀井が、いった。

「同感だ。十億円もの大金を、安心して預ける相手だからね。ちょっとした金銭の貸しくらいだったら、そんなことには、ならないだろう。佐野義郎からの、借金、百万単位の借金のある人間に、十億円を預けられるだろうか？　十億円は、預けられないよ。となると、相手の生死を、預かるような、大きな貸しということになってくる。第一に考えられるのは、殺人事件だ」

「私も同感です」

「第二に、その相手が、佐野義郎の一言で、刑務所送りになるという、失うものが、大きい人間でなければならない。西本の話によると、長井実というのは、人気のある漫画家で、収入も多く、横浜市内に、豪邸も持っているということだからね。失うものが、大きいんだ。おそらく、この、長井実が本命だろうと、思っている」

「私もそう思いますが、この長井実という漫画家に、十億円の件を、認めさせるのは難しいと思いますね。長井実にしてみれば、妻殺しを、警察に告白することになってしまいますからね」

と、亀井が、いった。

# 第五章　十億円

1

毎日定期的に、犯人から、十津川に、電話がかかってきた。犯人のいうことは、決まっている。

「十億円、見つかったか？」

と、きく。

「いや、残念ながら、まだ、見つかっていない」

と、答えると、

「見つからなければ、何人もの人間が、死ぬことになるぞ」

犯人は、いつもそういって、電話を切るのだ。

捜査本部では、三人の男女を、マークしていた。本命は、漫画家の長井実、三十五歳。あとは、細川久幸《ほそかわひさゆき》という三十歳の男と、金子晃子《かねこあきこ》という、四十歳の女である。

この二人は、佐野義郎から、金を借りていた。

佐野にしてみれば、こういう人間を、何人か作っておいて、何かの時に役立たせようと、思っていたに違いない。ウソのアリバイを証言させようと、思っていたのか、それとも、自分の身代わりに、させようとしたのか、そこは分からない。

しかし、こちらで、調べてみると、細川久幸と金子晃子が、佐野に借りた金額は、いずれも百万円だけである。そんな金額のために、法を犯して、自分が捕まるようなことを、する筈はない。

だから、佐野から、何か頼まれても、法に触れることは、断るつもりだと、細川はいい、金子晃子も、そういった。

これで、本命は、長井実だと、十津川は、断定した。

これには、亀井も、十津川に賛成した。

「一億円とか二億円という、大金を借りていたというのなら、いうことを聞けば、チャラにしてやるといわれて、人殺しの手伝いぐらいやるかもしれませんが、百万円とか二百万円ぐらいの金額じゃ、やりませんよ。割に合わないですからね。ですから、佐野義郎が、十億円を預けた相手は、細川久幸でも、金子晃子でも、ありませんね」

「では、本命はやはり、漫画家の長井実か？」

有名漫画家の長井実、三十五歳には、以前、妻殺しの容疑がかけられ、そのアリバイを証言したのが、今、刑務所の中にいる、佐野義郎である。

しかし、それだけのことで、果たして、安心して、佐野は、長井実に、十億円という大金を預けるだろうか？

長井実本人に、当たってみたが、もちろん、あっさりと、否定されてしまった。長井が、否定するのは当然なのだ。

佐野義郎に、ウソのアリバイを証言してもらいましたと、いったら、今度は、長井自身が、妻殺しの容疑で、刑務所に放り込まれることになるからだ。

「どうしたら、長井実に、本当のことを、しゃべらせられるかね？」

十津川が、いうと、亀井は、

「難しいでしょうね」

「難しいのは、私も分かっているんだ。だから、その方法だよ」

「これが、アメリカなら、司法取引を持ち出して、本当のことをしゃべらせることも、できるんですが、ここは、日本ですからね。それもできません」

「じゃあ、圧力をかけてみるか？」

と、十津川が、いった。

「どんなふうにして、圧力をかけるのですか？」

「もし、長井実が本命だとすれば、十億円の現金を預かっていることになる」

「そうですね」

「一億円で、十キロの重さがあるとすると、十億円なら、百キロと、かなりの重さになる。一人で持ち運べるような量ではないから、どこかに隠しているはずだ」

「脅かしたら、十億円を隠したところに、行くかもしれませんね」

「そうなんだ。だから、脅しをかけてみようと思っている」

十津川は、そういって、立ち上がった。

2

二人で、長井実の、いわゆる、漫画工房を訪ねていった。これで、彼に会うのは、二度目である。

「前にお会いした時と、同じことを聞くことになりますが、長井さんは、佐野義郎を、知っていますね？」

「ええ、知っていますよ。確か、現金を強奪して、現在、刑務所に入っているんでしょう。しかし、今は私とは、何の関係もない人間ですよ」

長井実は、相変わらず、甲高《かんだか》い声で、話した。

「単刀直入に、お聞きしますが、ひょっとして、あなたは、佐野義郎が強奪した十億円を、預かっているんじゃありませんか？　もし、そうなら、正直にいってもらえませんかね？」

「十億円なんて、そんな大金、見たこともありませんよ」

「捜査令状を、持ってきて、ここを、調べることになりますが、それでも、構いませんか？」

「ええ、構いませんよ。気の済むまで、調べてくださいよ。そうすれば、私が、無関係だということを、分かっていただけるはずだから」

「では、そうしますよ」

と、十津川は、いった。その帰途、

「あの長井実の、自宅というのか、漫画工房といったらいいのか、いずれにしても、あそこには、十億円は、置いていませんね」

と、亀井が、いった。

「そうだな。捜査令状を、持ってきて、ここを調べるといっても、平気な顔をしていたからね。あそこには、隠していないだろうと、私も思う」

長井実は、三十五歳と若いが、今や、人気漫画家の一人である。調べてみると、最近、軽井沢《かるいざわ》と沖縄《おきなわ》に、別荘を購入していたことが、分かった。

「三十五歳で、軽井沢と沖縄に、二つも、別荘を持っているのか」

十津川が、感心すると、そのことを、調べてきた西本が、

「沖縄の別荘のほうは、奥さんには、内緒だったようです」

「どうして、奥さんには、内緒にしていたんだ？」

十津川が、きくと、西本は笑って、

「これは、ウワサなんですが、どうやら、長井は、奥さん以外に、若い愛人を作っていて、その愛人と、沖縄で楽しいひと時を過ごしたかったんじゃありませんか？」

「それが、夫婦ゲンカの原因になり、長井が、奥さんの小百合さんを、殺すことになったと、思いますね」

今度は、日下刑事が、いった。

「それでは、君たち二人は、沖縄に行って、長井の別荘に、十億円が隠されていないかど

うかを、調べてくれ」

十津川が、西本と日下の二人に、いった。

彼らを、その日の飛行機で、沖縄に送った後、十津川は亀井と二人で、軽井沢の、長井実の別荘に向かった。

最近になって、急に売れ出した漫画家らしく、軽井沢に、別荘があるといっても、奥軽井沢のほうだった。敷地は五百坪、そこに、プレハブ造りの二階建ての建物が、建っていた。

管理人がいたので、十津川と亀井は、相手に、令状を見せ、

「家の中を調べさせてもらうよ」

管理人が慌てて、どこかに、電話をかけている。それを尻目に、二人は、まず、一階から調べていった。

多分、管理人は、長井実に、電話をしているのだろう。

一階を丹念に調べたあと、二階に上がっていった。

しかし、いくら、部屋の中を、調べてみても、十億円の札束は、見つからなかった。

「見つかりませんね」

と、亀井が、いう。

「最初から、見つかるとは、思っていなかったよ」

十津川は、笑って見せて、

「その代わり、佐野義郎に対する手紙とか、パソコンでの、交信が見つかれば、そのほうがかえっていい」

そのパソコンは、大きな机の上に、二台並べて、おいてあった。

二台のパソコンの、スイッチを入れてみたが、画面に現れたのは、漫画ばかりだった。

どうやら、長井実は、この別荘に来て、新しい漫画のストーリーを考え、パソコンの画面で、試しているらしい。

パソコンには、何も見つからなかったが、その代わり、本棚に、面白いスクラップブックが見つかった。

自分の、漫画の参考にしたくて、新聞や雑誌の切り抜きをやっているのだろうが、それが、五冊並んでいた。

最後の、五冊目を広げてみると、そこにあったのは、佐野義郎が、捕まった時の新聞記事、逮捕後に、佐野義郎の犯行を週刊誌がレポートした、その切り抜きだった。

ほかの切り抜きは、その五冊目には、全く貼ってない。

「この五冊目のスクラップブックは、面白いね」

十津川が、いった。

「しかし、このスクラップブックを、長井実に、突きつけても、十億円の件は、しゃべらないでしょうね」

「ああ、もちろん、しゃべらないだろう。どうして、佐野義郎に、関心を持っているのかと聞いても、彼が、自分のために、アリバイを証言してくれたので、無実の罪に、問われなくて済んだ。だから、佐野義郎のことが気になって、彼に関する記事を、わざわざスクラップしているんだといわれれば、それで、通ってしまうからね」

十津川たちは、五冊目のスクラップブックに、貼られていた新聞や雑誌の記事を、別荘にあったコピー機で、コピーに取り、持ち帰ることにした。

二人は、一階に下りていって、管理人に、会い、

「長井さんは、いつ頃、この別荘を、使うんですか？」

十津川が、きいた。

「いちばん使うのは、やはり七月から八月にかけてですね。夏になると時々、漫画のアシスタントなどを、連れてきて、何日か、ここで、漫画を描いていらっしゃいますよ」

と、管理人がいう。

「長井さんは、ここには、車で来るんですか？　それとも、電車で、来るんですか？」

「たいていは、車でいらっしゃいますよ」

「この辺には、別荘が、たくさんありますね。ここに来る途中で、見てきたのですが、人の住んでいない、別荘も、あるようですね。この辺には、そういう、空家の別荘が、多いですか？」

「ええ、いくつか、ありますよ。経済的に、持ちこたえられなくなって、売りに出したが、旧軽《きゆうかる》なら、すぐに売れても、この辺りは、少し奥に入っているので、なかなか、売れなくて、空家になっているんです。売れないので、貸別荘にしている家も、たくさんありますよ」

管理人が、教えてくれた。

「長井さんも、そうした別荘の一つを、借りているんじゃありませんか？」

十津川が、いうと、管理人は、エッという顔になって、

「どうしてですか？」

「いや、別に、理由はないんですけどね。長井さんは売れっ子の漫画家で、何人もの、アシスタントを使っている。だから、もう一軒ぐらい、この近くに別荘を借りて、そこでも、仕事をしたらいいんじゃないかと、思いましてね」

「そうですね」

「やっぱり、長井さんは、この近くの貸別荘を一つ、借りているんですね？」

「ええ、そうなんですよ」

と、管理人は、うなずいて、

「私なんか、こんな大きな、別荘を持っているんだから、ほかに、貸別荘を借りる必要なんかないんじゃないかと、思うんですけどね。長井さんは、これから、仕事が忙しくなる。アシスタントにも、軽井沢の暮らしを、味わわせてやりたい。だから、この近くで、貸別荘があったら、探しておいてくれ。そう、いわれたんですよ」

「それで、探して見つかったんですね？」

「ええ、そうです」

「その場所を、教えてもらえませんか？」

十津川が、いった。

3

十津川と亀井は、管理人と一緒に、その貸別荘に、向かった。すぐ近くだとはいっても、歩けば、十分ぐらいはかかる場所だった。

その別荘の前にジープが停めてあって、そこにも、管理人がいた。

十津川は、彼にも、令状を見せて、部屋の中に入った。ガランとしている、別荘である。三十畳の広さのリビングルームには、応接セットがなくて、机が、ズラリと並んでいて、その机の上には、パソコンが五台、置いてあった。

どうやら、夏になると、ここで、アシスタントたちと一緒に、連載漫画を、描いているらしい。

「家の中に、大事なものをしまっておくような場所はありませんか？」

十津川が、こちらの管理人に、きいた。

最初に見た別荘は、プレハブ二階建てだったが、こちらは、広いが、平屋である。この辺りには、平屋の別荘というのは、そんなに、多くない。

「長井さんが、あなたに頼んで、貸別荘を探させたとき、何か条件は、つけませんでしたか？　例えば、こういう建物が、欲しいとか、こういう間取りが、いいとかいった条件ですが」

十津川が、最初の別荘の管理人に、きくと、

「そうですね。できれば、二階建てではなく、一階建ての建物がいいと、いわれました」

と、管理人が答える。

なぜ、平屋がいいと、長井実は、いったのだろうか？

こちらは平屋で、鉄筋造りである。そのことも、長井は、条件にしたのだろうか？

「この貸別荘が、見つかってから、長井さんはすぐ、ここを使っているんですか？」

十津川は、また、最初の別荘の管理人に、きいた。

「いいえ、一ヵ月ぐらい、室内を、リフォームしていらっしゃいましたよ。今のままでは、仕事に、うまく使えないからと、いわれたんですよ」

「それで、この家の中を、見ると、かなり、改装した跡が、ありますか？」

十津川は、二人の管理人に、きいた。

「いや、そんなに、変わっていませんね」

と、管理人の一人が、いった。

「しかし、一ヵ月もかけて、改装したんじゃないですか？」

「そうなんですがね。あまり、変わっていませんよ」

と、もう一人の管理人が、いった。

「この別荘を改装したのは、この近くの、建設会社ですか？」

十津川が、きいた。

二人の管理人は、顔を見合わせていたが、

「確か、JR軽井沢駅の、駅前にある建設会社だったと思います。軽井沢一帯の、改装などはほとんど、あの会社が、やっていますから」

十津川と亀井は、その建設会社に、行ってみることにした。

管理人が、乗ってきていたジープで、ＪＲ軽井沢駅まで、送ってもらうことにした。駅前には、かなり大きな、その建設会社の、看板がかかっていた。

十津川は、その建設会社の渉外係に会って、

「長井実さんは、奥軽井沢に、別荘を借りていますよね？　長井さんは、契約した後、住むまでの一ヵ月間、別荘を改装している。それを、引き受けたのが、こちらの会社だと、聞いたんですが、どこをどう改装したんですか？」

「そういうことは、しゃべれないことに、なっています。空き巣などに、その知識を、利用されると、困りますから」

「私たちは、東京で起きた殺人事件を捜査しています。もし、しゃべってもらえないとなると、あなたに対して、令状を取って、東京の捜査本部まで、来ていただくことになりますが」

十津川が、脅かすようにいうと、渉外係は、顔色を変えて、

「ウチとしては、このことが、外部に漏《も》れると、困るんですよ」

「つまり、そういう、改装なのですね？」

「ええ」

「つまり、隠し金庫のようなものを、作ったんですね？」

「分かりますか？」

「ほかに、考えようが、ないじゃありませんか？　私と、一緒に来て、その改装した部分を、教えてください」

十津川は、強引に、渉外係を連れていくことにした。

車の中で、渉外係が、説明してくれた。

「あそこは、貸別荘なので、外観とか、水周りなどを、改造されては困ると、オーナーがいっているので、そういうところは、直しませんでした。ただ、地下になら、何かを作ってもいいだろうと、いうことになって、借りた、長井さんがウチに来て、地下金庫を、作って欲しいと、いったんですよ」

別荘に着くと、渉外係は、すぐに十津川を奥の部屋に案内した。

壁にかけてある絵の裏に、スイッチが、隠されていた。

そのスイッチを押すと、ゆっくりと、床が左右に開いていって、そこに、下に下りる階段が現れた。

階段を下りていくと、八畳《はちじよう》ほどの地下室が、現れた。

その奥に、大型の金庫が、置いてあった。正確には、壁に取りつけて、あった。

「この金庫を開ける方法は？」

十津川が、建設会社の渉外係に聞くと、相手は、苦笑して、

「この地下室を造ったのは、確かに、ウチの会社ですが、この金庫まで、ウチが、作ったんじゃありませんよ。長井さんの話では、この金庫は、信用できる、東京の会社に作ってもらって、わざわざ、ここまで運んできたと、いっていましたね」

なるほど、金庫には、東京の、金庫専門会社の、ロゴマークが入っていた。それは、十津川も、知っている会社のものだった。

十津川は、亀井に向かって、

「君は東京に戻って、この金庫を作った会社の担当者を、連れてきてくれ。私はここに残って、長井実が、貸別荘や地下室や、この金庫に、触らないように、監視する」

## 4

その日の夜になって、亀井が、金庫会社の人間を、連れて戻ってきた。

十津川は、相手に、令状を見せてから、

「この金庫を、開けてくれませんか？」

と、いうと、金庫会社の男は、

「そんなことをして、いいんですか？　金庫には、たいてい、持ち主の、人には、知られたくないようなものとか、あるいは、高価なものが、入っています。勝手に、開けていいんですか？」

「私たちは、殺人事件の、捜査をしている。犯人を逮捕するためには、どんなことでも、許されているのです。それに、ここには、証人が何人もいる。あなたも、いるし、私たちも、この別荘の、管理人もいます」

と、十津川は、いった。

その言葉で、相手は、やっと、納得したらしく、大型金庫の前に立つと、番号を、合わせ始めた。

二十分近く経って、やっと、分厚い扉が開いた。

しかし、金庫の中に、あったのは、漫画の原画、十数枚だけだった。十津川や亀井よりも、東京からやって来た、金庫会社の担当者のほうが、ビックリした顔に、なっている。

十津川は、男の顔色を見て、

「あなたは、持ち主の、長井実さんが、この金庫に、どんなものを、入れていたのか知っているんですね？」

と、きいた。

「それについては、ちょっと、申し上げられませんが」

と、相手が、いう。

十津川は考えた。

おそらく、長井実は、佐野義郎から預かった、十億円の現金を、地下金庫を作って、そこに入れておこうと、思ったのだろう。

しかし、むき出しの札束を金庫に入れるところを、金庫会社の人間に、見せるはずはない。とすると、表向き、見せても平気なものを、この金庫に、入れたに違いない。

「あなたが、長井実さんと一緒に、この金庫に入れたのは、大きな塊《かたまり》なんじゃ、ありませんか？」

少しばかり、当てずっぽうに、十津川が、いった。

それが、当たったらしい。

「そうですね。大きな、油紙に包んだ四角いものを、長井さんを、助けて、この金庫に収めました」

金庫会社の人間は、その大きさを、手を広げて、十津川に示した。

「なるほど」

と、十津川は、うなずいてから、

「その包みは、全部で、十個あったんじゃありませんか？」

「ええ、そうです。確かに、十個ありました」

「一つの重さは、どのくらい、ありましたか？」

「そうですね。十キロくらいじゃなかったですかね」

と、相手が、いった。

それならば、ピッタリ一致する。一万円札で一億円の重さは、約十キロだと、十津川は、聞いていた。

それが、十個ならば十億円で、重さは、百キロである。

「その十個の、四角い包みの中に、いったい、何が入っているのか、長井さんに、聞きましたか？」

「ええ、聞きましたよ」

「返事は？」

「長井さんは、こういって、おられました。自分には、昔から、貴重な本を集める趣味がある。この包みの中に、入っているのは、自分で集めた本で、一冊、何百万円もするようなものばかりだ。だから、盗《と》られてはいけないと、思って、地下の金庫に、しまっておくんだと、そういって、おられましたね」

「それを、信じましたか？」

意地悪くきいたのは、亀井だった。

相手は、笑って、

「半分信じて、半分、信じなかった。まあ、そんなところですかね」

「ありがとう。もう、金庫を閉めても、構いませんよ」

十津川は、そういい、亀井と、階段を上がっていった。

5

そのまま二人は、庭に出てみた。

見上げると、夜空に星が、キラキラと瞬《またた》いている。東京に、比べると、この軽井沢では美しい夜空が見られるのだ。

「間違いありませんね」

と、亀井が、いう。

「そうだな。佐野義郎が、十億円を預けたのは、長井実だと考えて、間違いなさそうだ。長井実は、十億円も預かるので、この貸別荘に、地下金庫を作って、そこに保管した。しかし、警察が調べ始めたことで、慌てて、どこかに、移したんだろう」

「この貸別荘から、十億円を、どこに、移したのか、簡単には、分かりそうも、ありませんが」

と、亀井が、いう。

「いや、意外と、簡単に見つかると、私は思っている」

「どうしてですか？」

「この地下金庫を見て感じたのだが、長井実は、明らかに、慌てて、十億円を、ここから、どこかに移したんだ。そんなに、慎重に、計画的に、移したわけではない。となれば、移す場所は限られてくると思うんだよ」

「確かに、それは、いえますが」

「何か大事なものを、慌てて、どこかに、移すことを考えると、多方面に当たってみる余裕はないから、今まで知っていた仲間とか、親戚のところに移すのがせいぜいだよ。長井実だって、同じ筈だ。だから、彼の友人、女、親戚などを、調べていけば、十億円を隠した場所に、必ず、たどり着ける筈だ」

と、十津川は、いった。

6

今日も、犯人から、十津川に、電話が、かかった。

毎日、ほぼ同じ時刻に、かかってくる、まるで、定期便のような電話だった。

ただし、文句は、少しずつ、違っている。日限が、当然のことながら、一日ずつ、迫ってくるからだ。

「あと一日だ。金のほうは、大丈夫なんだろうな？」

と、犯人が、いった。

「ああ、大丈夫だ」

「十億円だぞ」

「金額は、分かっている。そっちは、どうなんだ？」

十津川が、逆にきいた。

「何がだ？」

「君たちが要求するように、十億円の身代金を、用意したら、世界遺産には、手を、つけないんだろうな? それが、約束できなければ、こちらにも、覚悟があるぞ」

「金さえ手に入れば、俺たちは、世界遺産などには、何の興味も、ないんだ。いいか、期限は明日だぞ」

もう一度いって、犯人は、電話を切った。

警察に、かかってくる電話は、相手が切っても、繋がったままに、なっている。当然、今日の電話が、どこから、かけられたものであるのかも、すぐに分かった。東京駅のコンコース内にある、公衆電話だった。

犯人たちは、これまでも、自分の所在が分かってしまうのと、自分の使う携帯の番号が、分かってしまうことから、今では、数少なくなった駅や街中の、公衆電話を使っていた。

「それにしても、東京駅の、公衆電話が好きな犯人ですね」

亀井が、笑った。

今日を含めて、今まで三回、犯人は、東京駅の中の、公衆電話を使っている。

「これで、少なくとも、犯人の一人は、東京にいることが、分かったよ」

と、十津川が、いった。

「十億円ですが、警部は、明日までに見つける自信が、おありなんですか？」

「必ず、見つけ出すさ」

十津川が、いった。

「大丈夫ですか？」

不安げに、西本刑事が、きく。

何しろ、十億円である。それだけの大金が、簡単に、見つかるのだろうか？　刑事たちは皆、それを心配していた。

「一応、手は、打ってあるんだ」

十津川が、ニヤッと笑った。

「警部は、いったい、どんな手を、打たれたのですか？」

亀井が、きく。

「佐野義郎が、十億円の現金の保管を、頼んだ相手は、漫画家の長井実と、考えていいだろう。この点は、カメさんも、賛成だろう？」

「ええ、ほかに、考えられる人間は、見当たりません」

「それで、刑務所に入っている、佐野義郎は、本当に、安心しているだろうか？」

「殺人が、担保になっているわけですから、一応安心は、していると思うのですよ。しかし、刑務所に入っているから、自由は利《き》かないし、長井実のことを、いつも監視しているわけではありませんから、不安はあると思うのです。十億円といえば大金です。いつ、長井実が、手をつけるか、分かりません。その不安は、間違いなく、あるでしょうね」

亀井の言葉に、十津川は、うなずいて、

「その点、私もカメさんと、同感なんだ。だから、今度、佐野義郎に、少しばかり、圧力をかけてみた」

「どんな圧力ですか？」

「警察が、長井実という男のことを、徹底的に、マークしている。そのことで、長井実が激しく動揺している。こうしたニュースを、さり気なく、刑務所にいる、佐野義郎に伝えておいたんだ」

「どんなふうにですか？」

「佐野義郎には、女が三人いた。このことは、以前に、われわれが調べて分かったことだ。上野のホステスの、篠塚晴美、三十歳。浅草で、美容院を経営している伊藤美津子、三十二歳。ＡＶ女優の大杉里美、二十九歳。この三人に、それとなく、こういう情報を流したんだ。佐野義郎は、刑務所に入る前、大金を誰かに託して、刑務所入りした。その金を、警察は探していたが、どうやら、有名な、漫画家が預かっているのではないかと、そこまで、警察は、突き止めたらしい。まもなく、警察は、その漫画家を説得して、佐野の隠した大金を見つけ出すのではないかという、そういった、ウワサだよ。ホステスの篠塚晴美には、顔を知られていない刑事に、彼女のクラブに、飲みに行かせて、その情報を、流した。浅草で美容院をやっている伊藤美津子には、ウチの、北条早苗刑事を、客として行かせ、それとなくウワサを流した。AV女優、大杉里美の場合は、私の友人で、新聞記者をやっている男に、彼女のことを、週刊誌で紹介したいということにして取材に、行かせ、取材をしながら、今、私がいった情報を、それとなく、話すように頼んでおいた。その結果、昨日、ホステスの篠塚晴美が、刑務所に行き、佐野義郎と、面会している。たぶん、その時に、こちらが、流した情報が、佐野の耳に、入ったのではないかと、期待している」

「佐野義郎は、どうするでしょうかね？」

日下刑事が、きく。

「もし、君が、佐野義郎だったら、どうするかね？」

「そうですね。とにかく、慌てますね。このまま放っておけば、警察に、十億円を見つけ出されてしまうかもしれない。そういう不安に、襲われると思いますね」

「それで、佐野義郎の反応は、あったんですか？」

と、亀井が、十津川に、きいた。

「軽井沢にある長井実の別荘の地下金庫から、突然、十億円と、思われる包みが消えた。慌てて、移したんだよ。それが、佐野の反応だ」

「すると、佐野義郎は、刑務所から、長井実に電話をかけて、警察に、見つかりそうだから、ほかの場所に移せとでも、いったんでしょうか？」

「佐野義郎が入っている刑務所の所長に、電話をしたら、佐野義郎は、長井実には、電話をかけていない。佐野にとって、長井実は家族ではないからね。そんなに簡単に、電話を、かけるわけにはいかないんだ」

「だとすると、どうやって、長井実に、指示を与えたのでしょうか？」

「佐野が、慌てて呼んだのは、裁判の時に彼の弁護に当たった、小山《こやま》という弁護士なんだ。漫画家の、長井実に妻殺しの容疑がかかった時、その、弁護に当たったのが、竹下《たけした》法律事務所の、竹下弁護士でね。今いった、佐野の弁護に当たった小山弁護士は、この竹下法律事務所に、所属しているんだ。だから、佐野が、自分の弁護を、引き受けてくれた小山弁護士を呼んで、何かを伝えれば、そのまま、長井実に、通じるようになっているんだよ」

「これから、佐野義郎は、どんな、動きをすると、思われますか？」

「実は今日、佐野の、もう一人の女、AV女優の大杉里美が、面会に行ったことが、分かったんだ」

「そうなると、佐野はまた、不安に、なってくるでしょうね」

「私は、それを、期待しているんだ。佐野が、また不安になれば、前と同じように、弁護士を使って、長井実に、指示を与えるはずだ」

十津川に、宮城刑務所から電話が入った。所長からの電話だった。所長が電話で、こういった。

「例の佐野義郎ですが、至急、小山弁護士に会いたいと、また、いい出しましてね。十津川さんにいわれていたので、許可を出しました。まもなく、小山弁護士が、こちらに来るはずです」

と、所長が、いった。

一時間後にまた、所長から、電話が入った。

「今、小山弁護士が来て、佐野義郎と、話をして帰ったところです」

「二人は、どんな話を、していたんですか？」

「それが、大した話は、していないんですよ。甘いものを、もっと差し入れしてくれとか、そんな程度の、ことでした」

「それだけですか？」

「ただ、そんな話を、弁護士と交わしながら、指で、数字を書いていましたね」

「どんな数字ですか？」

「5ですよ。5」

「5だけですか？」

「ええ、そうですが」

それだけでは、何を意味しているのか、分からない。

もう一度、所長に、向かって、

「5以外のほかの数字は、書きませんでしたか？」

と、きくと、所長は、思い出したように、

「そういえば、その5に、冠《かんむり》を、つけていましたよ」

「冠ですか？」

「ええ、そうです。ルート5ですよ、ルート5」

所長が、急に、声を大きくした。

所長との電話が済むと、十津川は、集まった刑事たちに向かって、ルート5に、どんな意味が、あるのだろうと、聞いた。

「ルート5の答えは、誰にも、すぐ分かりますが、ただ単に、数字の羅列《られつ》では、面白くないですね」

と、亀井が、いった。

その時、誰かが、

「富士山麓《さんろく》じゃないですか？」

と、いった。

十津川の表情が、変わった。

「それかもしれないぞ。富士山麓だ」

7

「前と同じように、佐野義郎が、自分の弁護をしてくれた、小山弁護士に伝えたルート5という数字は、そのまま、長井実にも、伝わったはずだ」

と、十津川が、いった。

「そうなると、当然、長井実も、ルート5を富士山麓と、解釈するでしょうね」

「富士山麓に、十億円を、移すつもりなのかな？」

「富士山麓にも、長井実は、別荘を持っているんじゃないでしょうか。すでに軽井沢にも、沖縄にも別荘を持っているんですから」

西本が、いった。

「富士山麓に、別荘があって、住むつもりもなく、何かを、隠すだけの目的で買うのなら、ワンルームでもいいんだ。安く買うことができる」

十津川が、いった。

「至急、それを調べてみようじゃ、ありませんか」

と、亀井が、応じた。

刑事たちが、徹底的に、長井実の周辺を調べてみると、富士山麓に、リゾートマンションがいくつかできていたが、最近は、買い手がつかず、四十から五十パーセントの安さに、なっているという。

その一つ、1DKの部屋を、長井実が、二百万円で、購入していることが判明した。

「よし、そのマンションに行って、長井実を待ち伏せしよう」

と、十津川が、いった。

8

富士山麓の一画に、マンション群が、建っている。

しかし、半分ぐらいの、部屋には、暗くなっても、明かりがつかなかった。

近くには、最近、広大なブドウ畑が、できて、今、流行りの、ワイナリーが生まれ、

「富士」というワインを、売りに出していた。

人の住む部屋が、少なくなったマンションの八階に、１ＤＫの長井実の部屋があった。

十津川たちは、そのマンションの周辺に、隠れて、長井実が、現れるのを、辛抱強く待っていた。

しかし、なかなか、長井実は、現れない。

ゆっくりと、日にちが、変わっていく。

犯人が、十津川に対して、身代金の、十億円を、用意しろという日になった。

午前二時過ぎ、急に、エンジン音がして、大型のトラックが、長井のマンションに、近づいてきた。トラックには、東京の、運送会社の名前が、書いてある。

そのトラックの後ろには、これも、東京のナンバーのベンツが、ついてきた。

ベンツから、長井実が降りてきて、トラックを、運転してきた作業員に、暗い中で、指示を与えている。

トラックからは、次々に、梱包《こんぽう》された四角い荷物が、降ろされ、それが、エレベーターで八階まで、運ばれていった。

十津川は、八階にも、刑事を張り込ませておいた。

長井実は、鍵を取り出して、八〇五号室のドアを、開けた。

「早くやってくれ」

と、長井が、せかせるようにいう。

運送会社の作業員が、エレベーターで、運び上げた荷物を、一つ一つ、部屋の中に入れていく。

その途中で、

「警察だ！　作業を中止しろ！」

十津川が、叫んで、長井実の腕をつかんだ。

9

長井実が、茫然《ぼうぜん》として、立ち尽くしている。

十津川は、亀井と二人、八〇五号室に入っていって、すでに運び込まれた、二つの荷物を指さすと、

「これを開けさせてもらうよ」

と、長井に、いった。

一方、マンションの下では、ほかの刑事たちが、運送会社のトラックを、押収《おうしゅう》し、長

井が乗ってきたベンツのキーも、取り上げてしまった。

十津川はナイフを取り出し、それで、最初の荷物にかかっている、ロープを切り、厚い油紙を、剝《は》がしていく。

中から出てきたのは、一千万円の塊が、十個である。

運送会社の作業員たちが、その大金を見て、ワーッという大きな声を、上げた。

十津川は、その作業員たちに、向かって、

「責任者は、誰だ？」

「私です」

手を挙げたのは、四十年配の作業員である。

作業服の胸には、加藤《かとう》という名前が、書かれたバッジをつけている。

「加藤さんだね？」

と、いった後、十津川は、

「今、見て分かったと思いますが、荷物の中に、一万円札の札束が、詰まっているというのは、知っていましたか？」

「いいえ、知りませんでした。ですから、今、ビックリしているんです」

加藤が、いった。

本当に驚いたのだろう。声が掠《かす》れて、上ずっている。

「荷物の中は、何だと、いわれていたんですか？」

「貴重な古い本で、どれも、一冊百万円とか、二百万円とかするような、高価な本ばかりなので、大事に、扱ってくれと、いわれていたのです」

「なるほどね」

十津川は、うなずいた後、今度は、長井に向かって、

「この大金ですが、これは、あなたのものじゃありませんね？」

「いや、私のお金ですよ」

青い顔で、長井が、答える。

十津川は、苦笑した。

「自分のお金なら、どうして、こんなところまで、運んでくる必要があるんですか？　東京の銀行に、預けておけばいいんじゃないですか？」

「こんなに、貯めていると思われて、税金を、たくさんかけられるのが、怖かったからですよ」

長井が、ヘタなウソをつく。

「今年の税金の申告には、まだ、何ヵ月もあるんじゃないですか？　税金で、取られるの

が、そんなに、イヤならば、どんどん使ってしまえば、いいじゃないですか？」

　長井が黙っていると、十津川は、続けて、

「正直にいってもらわないと、まずいことになってきますよ」

　脅かすように、いった。

「いったい、何が、まずいことになってくるんですか？」

「あなたは、一昨年の九月四日に、奥さんの小百合さんを、殺している。三日後の九月七日、殺人容疑で、逮捕されたあなたのアリバイを、佐野義郎が、証言したので、あなたは、起訴を免れた。しかし、あなたは、そのことによって、佐野義郎に、大きな借りを作ってしまった。押しつけられたのが、この十億円だ。これと同じ、一億円の梱包が、全部で、十個ある筈だ。全て分かっているんですよ」

　長井は、青い顔をしたまま、黙ってしまった。

　そんな長井を、じっと見つめながら、十津川は続けて、

「長井さん、私が、あなたにいいたいのは、われわれ警察には、全て、分かっているということなんですよ。この期《ご》に及んでウソをつけば、かえって、あなたは、不利な立場に、追い込まれていく。だから、全てを、正直にいってもらいたい。この十億円は、佐野義郎という男から、預かったものじゃないんですか？　しかしね、この十億円は、佐野義郎が、

老夫婦を脅かして、奪ったものなんですよ。それも、あなたは分かっているはずだ」

長井は、黙っている。

十津川は、刑事たちに、

「ここにある、十億円全部、警察が預かることにする」

と、いい、運送会社の作業員たちには、

「あなたたちには悪いが、これを、東京の捜査本部まで、運んでもらう」

十個の梱包された荷物は、再び、運送会社のトラックに、積み込まれ、十津川たちのパトカーの先導で、東京に、向かった。

十津川は、長井実を、自分のパトカーに乗せた。

「あなたには、申し訳ないが、あなたも、殺人容疑で逮捕せざるを、得ない。佐野義郎の証言は、ここに来て、全く、意味をなさなくなりましたからね」

10

十津川は、長井実を、神奈川県警に引き渡した。長井実の妻、小百合が、死体で発見された場所が、神奈川県平塚市の、海岸だったからである。

神奈川県警に引き渡された時、長井実は、覚悟を決めたらしく、自分が、妻の小百合を平塚の海岸で、殺したことを認めた。

十津川にとって、一つの事件が終わったことを、意味していた。

この後、長井実を、起訴まで、持っていくのは、神奈川県警の、仕事である。

十津川たちは、これからは、石見銀山の事件に、専念することになる。それを、待っていたかのように、犯人から、電話が入った。

「今日が最後の日だ。もちろん、分かっているだろうな？」

と、犯人が、いう。

「もちろん、分かっている」

「肝心の、十億円は、手に入ったのか？」

「ああ、手に入った」

十津川が、アッサリというと、犯人も、驚いたらしい。一瞬、電話の向こうで、黙ってしまったが、

「本当に、手に入ったんだろうな？」

と、念を押した。

「今日の午前二時、十億円を、手に入れた」

「その十億円は、今、どこにあるんだ？」

「捜査本部に、保管されている」

「じゃあ、その十億円を、われわれに払ってもらおう」

「ダメだ」

十津川が、強い声で、いった。

「手に入れたというのは、ウソじゃないのか？　われわれが、石見銀山を支配していることは、分かっているはずだぞ」

「不法にも、だ」

と、十津川が、いった。

「いいか、変に、強気になってきたが、あんたが、十億円を払わなければ、石見銀山では、坑道が、爆破されるんだ。せっかく世界遺産になったというのに、廃墟《はいきょ》になってしまうんだぞ。それが、分かっていないのかね？」

「分かっているから、十億円を手に入れたんだ」

「じゃあ、取引しようじゃないか？」

と、犯人が、いった。

「これから、話し合いだが、こちらは、石見銀山の安全も大事だが、君たちを逮捕することにも、全力を挙げる。それだけは、覚悟しておけよ」

と、十津川が、いった。

「それでは、これから、こちらの、条件を出す」

と、犯人は、いった後、

「これ以上は、話している場所を、感づかれてしまう。だから、いったん電話を切る。明日また、午後一時に、電話をする。その時に、こちらの条件をいう」

用心深く、相手は、電話を切ってしまった。

この電話も、都内の、公衆電話からかかっていたことが、後になって分かった。

## 11

翌日の午後一時、犯人から十津川に、電話がかかった。

「これから、取引の中身を決める。その前提として、十億円の現金は、そこにあるんだな？」

犯人が、しつこく、念を押した。

「もちろん、ここにある」

「石見銀山の安全と、引き換えに、十億円を、われわれに、払ってもらおう」

「どんな形で、君たちに、支払えばいいんだ？」

「捜査本部の近くに、八幡神社《はちまんじんじゃ》があるだろう？　その横に、黄色い、軽自動車を停めておいた。今から、それに、十億円を積み込んでおけ。三十分以内だ。三十分経ったら、また電話する」

と、いって、犯人は、電話を切った。

刑事の一人が、捜査本部の近くにある、八幡神社に走ってみると、神社の横には、確かに、黄色い、軽のトラックが停まっていた。

そのトラックを捜査本部まで、運転してきて、荷台に、十億円の、塊を積み込んでいった。

合計百キロの札束を、その軽自動車の荷台に、押し込むことができた。

それを待っていたかのように、電話が鳴った。

「十億円の現金を、こちらが手配した軽トラックに積み込んだか？」

「ああ、積み込んだ」

「では、そちらに、女の刑事がいるな？　彼女に、その軽トラックを、運転してもらう。すぐに乗り込ませろ」

と、犯人が、いった。

# 第六章　最後の取引

## 1

「ダメだ」

十津川が、強い口調で、いった。

「何が、ダメなんだ?」

犯人が、怒鳴り返してくる。

「いいか、十億円は、誘拐事件でいえば、身代金だ。しかも、高額の身代金だぞ。それが払われたら、人質が返されるという保証がなければダメだ。その保証が、ちゃんとあるのか?」

「ああ、それなら、ある。車のどこかに、石見銀山の、二つの間歩に仕掛けた爆薬のありかを描いた図面を、置いておいたからな。車を出してから、その図面を見れば、爆薬を仕掛けた、場所が分かる。それでいいだろう?」

「その図面が、正確なものかどうか、どうやって、分かるんだ?」

「信用するんだな」

「言葉だけでは、信用できない」

「そんなことをいっていると、世界遺産の石見銀山が、爆発で、瓦礫《がれき》の山になるぞ。それでもいいのか?」

「そっちこそ、冷静によく考えてみろ。二つの間歩を、爆破しても、十億円は、手に入らないぞ。それどころか、君たちには、世界遺産を爆破して、破壊したという、罪状がつくんだ。われわれは、徹底的に追跡して全員を、必ず逮捕してやる。それでもいいのか?」

「俺たちには、確かに、世界遺産を爆破したという、罪状がつくだろう。それはそれで、仕方がない。だがな、警察だって、それを防ぐことが、できなかったという世間の非難が、集中するんじゃないのか? それでもいいのか?」

「じゃあ、こうしたら、どうだ?」

と、十津川のほうから、一つの、提案をすることにした。

「石見銀山では、今、二つの間歩が、公開されている。龍源寺間歩と、大久保間歩だ。その二つに、君たちは、爆薬を仕掛けたんだ。そこで、まず、十億円のうちの、五億円と引き換えに、われわれは、龍源寺間歩に、仕掛けられた爆薬を、取り去る。これでどうだ？」

「五億円は、間違いなく、渡すんだろうな？」

「そうだ。われわれには、あと五億円の身代金が残る。君たちにも、もう一つの大久保間歩という、取引材料が、残る。これで、お互いが、相手を騙す必要はなくなる。もし、騙したりすれば、君たちは、残りの五億円を、手にできないし、われわれは、もう一つの、大久保間歩の安全が、買い取れない。これでどうだね？」

「分かった。いいだろう」

「もう一つ、いっておきたい」

「まだ、あるのか？」

「公開されている龍源寺間歩は、長さ約百六十メートルだ。君たちが、その間に、いくつ、爆薬を仕掛けたのかは、分からないが、われわれが、爆薬を全部、取り除くまで、爆破の、スイッチなんか、入れるなよ。もし、スイッチを入れて、作業をしている人間が、死ぬようなことがあったら、お前たちには、殺人の罪も、重なるんだ。ますます、お前たちの罪は、重くなる。だから、龍源寺間歩の爆薬を、全て取り除き、安全を確保するまで、絶対に、妙なことをするな」

「そちらこそ、身代金の半分の、五億円で、もう一つの、大久保間歩の爆薬まで、始末するようなことは、絶対に、するなよ。俺たちの仲間が、両方の間歩を、しっかりと、見張っているからな。もし、大久保間歩のほうにまで、入り込んで、爆薬を、取り除こうとしたら、その時には、起爆装置の、スイッチを入れるからな」

「これで、お互いの、いいたいことは、全部いった。じゃあ、取引を、始めるぞ。これから、君たちの希望通り、北条早苗刑事が、軽トラックに、乗り込む」

と、十津川が、いった。

「その女刑事の携帯の、番号を教えろ。これからは、その女刑事に、直接、命令するからな」

と、犯人が、いった。

北条刑事が、電話に向かって、自分の携帯番号を、教えた。

その間に、十津川は、刑事たちに命じて、いったん、軽トラックに、載せた十億円の中から、半分の、五億円を下ろした。

十津川は、捜査本部との、連絡用に、北条早苗刑事には、もう一つの携帯を、持たせることにした。

「用心していけ」

十津川は、早苗に、いった。

五億円を載せた、軽トラックが、捜査本部を出発した。

十津川は十分後に、北条刑事の携帯に、電話をかけた。

## 2

「何か見つかったか？」

「助手席のグローブボックスの中に、図面が入っていました。石見銀山の、龍源寺間歩と、大久保間歩の図面です。赤で、爆薬を仕掛けた箇所が、記してあります。この図面、どうしたらいいですか？」

「その図面を丸めて、車の外に、落とせ。少し離れて、西本刑事と日下刑事が、覆面パトカーで、君の軽トラックを、追っている。彼らが、その図面を拾って、すぐ、石見銀山に、ファックスで送ることになる」

十津川の指示通りに、北条刑事は、二枚の図面を丸めて、窓から放り投げた。

軽トラックを、追尾していた西本たちの覆面パトカーが、すぐ、その図面を、拾い上げた。

その先にあったコンビニで、日下刑事一人が、図面を持って、車から降りると、その店のファックスを借りて、石見銀山に送信した。

その後、日下刑事は、図面を持って、捜査本部に戻ってきた。

十津川は、図面二枚を、壁に貼ってから、大森町の、石見銀山資料館に、電話をかけた。

そこには、大田市の市長や、資料館の館長、石見銀山ガイドの会の会長、そして、島根県警の、葛城警部、県警の要請で出動して来ていた、自衛隊の爆発物処理班がいた。

十津川が電話したのは、島根県警の、葛城警部だった。

「石見銀山の龍源寺間歩と、大久保間歩に仕掛けられた爆弾の位置を記した二枚の図面を、ファックスで送りましたが、届きましたか？」

「ええ、届いています。今、資料館の中山館長と、自衛隊の、爆発物処理班が見ています。私も、見ましたが、図面には、爆発物を仕掛けた位置が、描いてあるようです。この図面は、正確なものでしょうか？」

「犯人の言葉を信じれば、正確だと思われます」

「これからただちに、自衛隊の爆発物処理班が、この図面に従って、坑道に入り、爆発物を、取り除いても、いいわけですか？」

「まだダメです」

「どうしてですか？」

「今、犯人と、取引の最中だからです。まだ犯人は、石見銀山の、身代金を受け取っていません。この段階で、爆発物を処理しようとすれば、犯人は、間違いなく、起爆装置を作動させて、世界遺産の坑道を、爆破してしまうに、違いありません」

と、十津川が、いうと、電話の向こうで、

「まだです。まだ、爆発物の処理は、できません！」

葛城警部が、大声で、いっているのが、聞こえた。

その後、葛城警部は、電話口に戻ってきて、十津川に、

「十津川さんが、犯人たちと、どんな取り決めをしたのか、それを教えてください」

「われわれも、犯人も、お互いに、お互いが、信じられない状況です。そこで、こういう取り決めをしました。犯人たちは、二つの間歩に、爆発物を仕掛けました。今回は、その一つ、龍源寺間歩の身代金として、半額を、支払うことにしました。それを、犯人が手に入れたら、龍源寺間歩のほうだけ、爆発物を、処理してください。それならば、犯人たち

は、起爆装置のボタンを、押さないと約束しています」

「その言葉は、信じられるんですか？」

「今いったように、この段階では、身代金の半額しか、支払いません。当然、犯人たちは、残りも欲しいでしょうから、龍源寺間歩の爆発物を、処理している限り、手を出さないと、思っています」

「いつ、処理に、動いたらいいんですか？」

「こちらから知らせますので、それまで、我慢して、待機していてください」

十津川は、そういって、いったん電話を切った。

3

北条早苗は、時速五十キロで、犯人の用意した、軽トラックを走らせていた。

北条早苗の携帯が、鳴った。

彼女は、車を、道路脇に停めて、携帯を手に取った。

「もしもし」

「何で、車を停めたんだ？　勝手なマネをするな！」

男の声が、怒鳴った。

「停めるのが当然でしょう。運転しながら、携帯をかけていたら、パトカーに、制止されてしまうわ。そうなったら、この車に積んでいる五億円は、そちらの手に、渡らないことになるわよ」

「分かった。仕方がない。五億円は、トラックに、ちゃんと、積んであるんだな？」

「ええ、もちろん」

「その五億円は、どんな形に、なっているんだ？」

「一億円ずつ、布製の、ボストンバッグに入っているわ」

「それでは、いちばん近いところから、首都高速に入って、東名《とうめい》に向かうんだ。いちばん近いところというと、霞《かすみ》が関《せき》だろう。そこから入れ。お前の動きは、しっかりと監視しているからな。妙な動きはするなよ」

どうやら、犯人の車が、この軽トラックをつけているらしい。

「これから、首都高速に入ります。入る場所は、霞が関です」

わざと、大きな声で、いってから、早苗は、霞が関インターから、首都高速に入っていった。

十津川警部との間の、携帯は、ずっと、つながったままになっているから、大声でいえば、警部に、通じるはずだった。

運転席に置いた携帯から、

「分かった。聞こえたぞ」

と、十津川の声が、入った。

首都高速は、都心に向かうルートは、いつも混んでいるが、東名に抜けるルートは、わりと、空いている。それでも、渋谷《しぶや》近くになると、渋滞が、始まった。

その渋滞を、待っていたように、犯人からの、電話が入った。

「間もなく、進行方向の左に待避用のスペースが見えてくる。見えたら、列を離れて、待避スペースに入って、車を停めろ」

と、犯人が、いった。

渋滞は、上り線ほどではなくて、時速二、三十キロで、のろのろと、動いている。

間もなく左側に、待避用の、スペースが見えてきた。

早苗は、車を、その待避スペースに入れ、停めた。

また、早苗の携帯が、鳴る。

「待避スペースに、入ったか？」

「ええ、入ったわ。これから何をすればいいの？」

「その辺りは、障壁が、約一メートル五十センチの高さで、続いている。お前の首だけが、たぶん、その壁の上に、出るはずだ。お前の背の高さは、百六十五、六センチだからな。首を出して、壁の向こうを、見るんだ。ビルが、並んでいるだろう？　その中に、ＡＫサービスという看板のかかったビルが、あるはずだ」

「ＡＫサービスという看板が見えるわ。ビルの窓には全部、カーテンがかかっているわ」

「当たり前だ。通過する車から、じろじろ見られるのはイヤだろうからな。いいか、これから、俺がいうことを覚えて、しっかりと、実行するんだ」

「どうぞ」

「そのＡＫサービスという看板のかかったビルの前まで、トラックを持っていって、その一メートル五十センチの壁越しに、一億円の入った、ボストンバッグを、一つずつ、壁の向こうに投げ落とすんだ」

「壁の向こうは、確か、道路の筈ね。その道路に、あんたたちの車が、停めてあるんだ。私が投げ落とす五億円を受け取るというわけね」

「つまらないことを、いわずに、いわれた通りに、すぐ、実行するんだ。実行が、遅れたり、変なマネをすると、石見銀山の、大事な坑道が、粉々になって、取り返しのつかないことになるぞ」

脅かすように、犯人が、いった。

早苗は、ＡＫビルの前まで、ゆっくりと、トラックを移動させると、一メートル五十センチの壁越しに、一億円の入ったボストンバッグを、一つ一つ、投げ落としていった。

壁の向こう側は、見えないが、早苗は、何度か、パトカーで下の道路を通ったことがあった。

確か、ＡＫビルの前は、道路になっていた。その道路の端に、犯人たちは、大型トラックでも、停めているのだろう。壁越しに、一億円の入ったボストンバッグを、投げれば、そのトラックの、荷台に、落ちるようになっているに違いない。

五つのボストンバッグを投げ終わると、早苗は、犯人とつながったままになっている携帯に、向かって、

「聞いている？　ボストンバッグ五個、全部、投げ終わったわ」

「ご苦労さん。確かに、五個のボストンバッグを全部、受け取ったよ。いいか、これから、俺たちにとって、大事な仕事がある。ボストンバッグの中に、間違いなく、五億円が、入っているかの確認と、警察の尾行が、ついていないかという確認だ。その二つの確認が、終わったら、俺のほうから、十津川という警部に電話をする」

「その確認には、どのくらいの、時間がかかるの？」

「そうだな、三十分」

と、犯人は、いって、携帯を切った。

早苗はいきなり、携帯を手に持ったまま、運転席の屋根に、よじのぼった。

屋根の上に、ゆっくりと、立ち上がる。

下の道路に、案の定、大型トラックが、停まっていた。その荷台の上で、二人の男が、必死に、灰色のキャンバスを広げて、荷台を蔽《おお》おうとしている。早苗が、投げ落とした五つのボストンバッグを、キャンバスで、かくそうとしているのだ。

早苗は、そんな光景を、携帯のカメラで、一枚、二枚と、撮《と》っていった。男二人は、手に入れた五億円の方に気を取られて、早苗が写真を撮っているのに気がついていない感じだった。それとも、犯人たちに、早苗が、障壁の真下を見られる筈がないという先入観があって、早苗の存在は犯人たちの頭から、消えていたのかも知れない。

男の一人が、何か叫ぶと、大型トラックは急に、走り出した。まだ、キャンバスで、荷台を、完全にかくし切れていないが、犯人たちは、あせったのだろう。

早苗は、走り去るトラックに向かって、更に、二度、三度と、シャッターを切った。

トラックの姿が、消えると、早苗は、屋根から飛びおりて、十津川とつながっている携帯を、手に取った。

「今、犯人に、五億円を渡しました」

「分かった」

「犯人は、二つの確認のために、三十分の時間が、必要だといっています」

「ああ、分かった」

「犯人は、やたらに、慎重で、用心深いです」

「犯人なんだから、当然だろう。五つのボストンバッグの中に、一万円札の代わりに、古雑誌でも入っていたら、困るだろう。警察の尾行が、ついているか、いないかは、犯人にしてみれば、死活問題だから、用心深くなるのも無理はないさ」

と、十津川が、いった。

4

三十分経った。

が、犯人から、捜査本部に電話はかかってこない。

さらに、十分経って、やっと、犯人からの電話が入った。

「十分遅刻だ」

十津川がいうと、犯人は、

「時々、警察は、裏切ったり、妙なことをするからな。用心深くなるのは、当たり前だろう。五つのボストンバッグの中に、間違いなく、一億円ずつ、入っているか、全部数えてみたんだよ」

「間違いなく、五億円を、渡したはずだ」

「警察は時々、札束に、妙なインクを、染み込ませたりするし、どこかに、小型の発信装置を、付けたりするからな。その辺も、十分に調べさせてもらったよ。だから、予定よりも、遅くなってしまったんだ」

「ずいぶん、用心深いんだな」

「当たり前だろう。警察は信用できないからな」

犯人が、いった。

十津川は、電話しながら、苦笑した。

「君たち全員の名前は、もう、分かっているんだよ。六人のうち三人は、刑務所の元看守だということもだ。看守といえば、私たち警察の、同業者といってもいい。それが、警察を、疑ってはいけないな」

「だから、信用できないんだよ」

「身代金を渡したから、石見銀山に電話をして、龍源寺間歩の爆発物の除去に取りかかるぞ。妙なマネはしないだろうな？」

「龍源寺間歩に、限れば、俺たちは、何もしない。俺たちの仲間が石見銀山にいて、二つの間歩を、しっかりと、見張っているからな。五億円は受け取ったが、これは、あくまでも、龍源寺間歩の安全代だ。もし、一人でも大久保間歩のほうに、入って行くのを見たら、容赦なく、爆破させるからな」

「約束は、必ず守る。龍源寺間歩だけの爆発物を外すのにも、かなりの時間が、必要だ。専門家は、五時間くらいはかかるといっている。いいか、五時間だぞ。その間、そっちも無茶なことはするな」

十津川は、そばにいる亀井刑事に、向かって、

「君はすぐ、石見銀山に向かってくれ。君の目で、龍源寺間歩の爆発物が、無事に、処理できたかどうかを、確認して、私に知らせて欲しいんだ」

亀井が、すぐに、捜査本部を出ていくと、今度は、島根県警の、葛城警部に、電話をかけた。

「今、取引が、終了しました。今からすぐ、龍源寺間歩のほうだけ、図面を見て、爆発物を、処理してください。五時間の間、犯人は、何もしないといっています」

と、十津川は、いった。

5

「確認しておきますが、今は、龍源寺間歩のほうだけは、自由に、爆発物の処理をしていいわけですね？」

葛城警部は、くどいくらい、慎重に復唱する。命の危険があるからだろう。

「そうです。龍源寺間歩だけです」

「犯人は六人だといいますが、半数は、こちらに来ていると、見ていいんですか？」

「うちの北条刑事が、身代金の受け渡しの時、ひそかに、携帯のカメラを使って、犯人の写真を撮りました。それによると、犯人が使ったトラックの荷台に、男が二人、写っていました。当然、運転にもう一人、必要ですから、合計三人が、東京で動いていると思われます。残りは、三人。この三人は、石見銀山にいると、私は、見ています」

「そうですか。三人が、こちらにいますか」

「私に電話してきた男は、仲間が、石見銀山にいて、二つの間歩の両方を監視しているといっていますが、単なる脅しとも思えません。一人でも、大久保間歩に入ったら、起爆装置のスイッチを押すともいっていますから、ここは、慎重に行動してください」

と、十津川は、繰り返した。

6

葛城警部の、合図で、大田市長の坂井、石見銀山ガイドの会会長の西川、資料館館長の中山、大田市助役の中野《なかの》、そして、自衛隊の、爆発物処理班の七人が、全員ヘルメットをかぶって、資料館を出ると、車で龍源寺間歩に向かった。

龍源寺間歩の入り口の周辺には、観光客が近づかないように、ロープが、張られている。

車から降りた葛城たちは、そのロープをくぐって、中に、入っていった。

犯人の描いた図面は、コピーされて、全員に渡されている。

龍源寺間歩の入り口に、立ててあった扉は、外され、懐中電灯と、爆発物処理の機材を、持った七人の爆発物処理班が、つぎつぎに、坑道に、入っていった。

坂井大田市長が、葛城に向かって、

「大久保間歩の爆発物も処理してしまってはどうですか？」

「いや、それは危険です。犯人たちは六人で、半分は、東京にいますが、残りの半分は、この周辺にいて、こちらの動きを、見張っていると思われます。警視庁の十津川警部の話では、犯人には、身代金の、半額しか払っていませんから、ここで、われわれが、大久保間歩の爆発物を処理しようとすれば、犯人は容赦なく、起爆装置の、スイッチを入れて、大久保間歩を爆破してしまう恐れが、あります。ここは、慎重に行動したいのです」

「本当に、犯人は、私たちを見張っているんですか？」

石見銀山ガイドの会の、会長、西川は、周りの山や森を、見廻した。

「犯人は、どこにも、いないような気がしますけどね」

「目に、入らないからといって、安心はできません。観光客だって、ロープの向こう側にいて、こっちをじっと、見ているじゃありませんか？　あの中に、犯人が、紛れ込んでいることも、十分に考えられます」

一緒にいる島根県警の、若い刑事二人が、龍源寺間歩の、案内所に行き、お茶やコーヒーやジュースなどを、持って戻ってくると、大田市長たちに、配って歩いた。

葛城警部が、資料館館長の中山に、向かって、

「石見銀山では、龍源寺間歩と、大久保間歩の、二つが有名で、観光客に、公開されていますが、もう一つ、あるそうですね？」

「ええ、そうです」

中山館長が、いう。

「釜屋《かまや》間歩と、いいます。かまは、お釜の釜、やは、屋敷の屋です。これまでは、竹藪《たけやぶ》や雑草に蔽われていたのですが、今、それが取り払われて、少しずつ、整備が、進んでいるところです」

「その釜屋間歩というのは、龍源寺間歩や大久保間歩に比べて、規模は、どうなのですか？　大きいのですか？」

「大きさは、二つの、ちょうど、間くらいだと思いますが、二つの間歩にないものが、この釜屋間歩にはあるので、公開を、楽しみにしているんですよ」

「どんなものが、あるんですか？」

「高さ二十メートル近い、石で造られた階段のようなものです。たぶん、製錬所の跡だと思われます。もちろん、今は全く使われていません。それから、大きな、平らな石の上に造られた水路が、発見されました」

「それは、水道のようなものですか？」

「いや、そこに、水を流して、鉛とか、あるいは、そのほかの不純物を、比重を利用して、銀と分離しようとしたのではないかと思われます。そのほか、釜屋間歩の周りには、銀山で、働いていた人たちが住んでいた、集落跡も見つかっています。その人たちが、使ったと思われる、さまざまな道具、鉄製の鍋とか、あるいは、純粋な銀になる前の、鉛と結合した、いわゆる貴鉛《きえん》と呼ばれるものが、発見されたりしています。全てが、発見されたら、ほかの二つの間歩とは違った歴史的な価値を、観光客の皆さんに、お見せできると思って、期待しているんです」

中山館長が、眼を輝かせて、説明した。

「犯人は、よく、その釜屋間歩を、狙《ねら》いませんでしたね？」

葛城が、きくと、中山は、笑って、

「犯人には、単なる廃墟にしか思えなかったんじゃありませんか」

「廃墟ですか」

「そうです。この石見銀山が、世界遺産になったのは、ここが、銀の製錬についての、産業遺産だからではなくて、産業遺跡だからなんです」

「よくわかりませんが」

「現代の人間は、現代の科学、技術の眼で、ものを見、判断します。この石見銀山の銀の製錬技術が、現代の科学、技術につながっていれば、産業遺産ですが、つながっていない、非現代の科学、技術だから、産業遺跡なのです。この産業遺跡の方が、数が少なく、貴重なんですが、今回の犯人は、きっと、典型的な現代人なんでしょうね。だから、釜屋間歩の方は、何の価値もない、古代の遺物か、廃墟にしか見えなかったんだと思いますね」

中山は、そういって、また、笑った。

葛城警部は、坑道の中に、入っていき、爆発物処理の状況を、見ることにした。

何しろ、間歩の中は、狭い上に、小さな横穴がいくつも掘られている。人間一人が、寝そべった格好で、やっと、入り込めるような小さな横穴である。

これは、まるで、モグラの穴だと、葛城は思った。

無数に掘られた横穴は、腰を屈《かが》めても進めないほど狭い。坑夫たちは、腹這《はらば》いで、ノミとツチを使って、掘り進んだのだろう。そして、銀の鉱脈にぶつかれば、手で掘り出し、駄目なら、他の場所で、横穴を掘っていく。

(確かに、これは、産業遺産ではなくて、産業遺跡だ)

と、葛城は、思った。

その横穴にも、犯人たちは、爆弾を、仕掛けていた。

それを除去するのは、大変な作業だった。

犯人たちが、仕掛けた爆発物は、プラスチック爆弾で、振動によって爆発する恐れがあるので、隊員たちは、発見した爆発物を、一つ一つ慎重に、坑道の外へ運んでいく。

「われわれに与えられた時間は、どのくらいですか?」

爆発物処理班の隊長が、葛城に、きいた。

「犯人には、五時間と伝えています」

「五時間ですか?」

確認するように、隊長が、いう。

「それで、大丈夫ですか?」

「ええ、何とか、やってみますよ」

と、隊長が、いった。

図面を見ると、犯人が、龍源寺間歩の中に仕掛けたプラスチック爆弾は、全部で、十六個。長さ百六十メートルの、坑道だから、単純に考えれば、十メートルに、一個ずつ、仕掛けられた計算になる。

その十六個のプラスチック爆弾を、隊員たちは、慎重に、坑道の外まで運び、用意された、鋼鉄製の筒の中に、静かに、収めていく。

後で、その筒ごと、人気のないところに、運んでいって、処理するのだと、隊長は、いった。

三時間余りが過ぎた頃、東京の、捜査本部から、亀井が、到着した。

羽田から、出雲空港まで飛行機で飛び、そこから、島根県警のパトカーに乗って、ここまで、やって来たのである。

亀井が、葛城警部に、挨拶すると、

「十津川さんは、いらっしゃらないのですか？」

と、葛城が、きいた。

「今、東京の捜査本部で、犯人と、連絡を取り合っています。もちろん、最後に、大久保間歩の、爆発物を処理する時には、十津川警部も、ここに、やって来るはずです」

「今日は、身代金の半分を、犯人たちに、支払ったそうですね？」

「そうです。それで、犯人は、爆発物の処理の邪魔をしないのです」

「いくら、払ったのですか？」

「五億円です」

「それが、身代金の半分ですか？」

「そうです。全部で、十億円。あとの五億円は、もう一つの、大久保間歩の安全を保証させるために、払います」

「十津川さんは、十億円もの金を、払って、犯人たちを、逃がすつもりじゃないでしょうね？」

「もちろん、そんなことは、ありません。犯人たちを、全員逮捕し、身代金を、取り戻すつもりでいます。しかし、今は、安全が優先します」

と、亀井が、いった。

四時間十五分で、龍源寺間歩に仕掛けられた十六個の爆発物は、無事に、全て処理された。

7

十津川に、電話が入った。

「今日の取引は、終了した」

と、犯人が、いった。

「今、石見銀山から、電話があったよ。龍源寺間歩の、爆発物が、全て、処理されたとね。そうか、君たちはずっと、向こうを、監視していたんだな」

「そうだ。俺たちは、ずっと、監視しているんだ。警察が、ヘタなマネをすれば、最後の手段を、取る」

「なるほどね」

「明日、最後の取引、ということになるが、警察は、さぞ、悔しいだろうな。何しろ、俺たちに、十億円を全部、持っていかれるんだからな。その上、俺たちを、逮捕できない」

「いや、逮捕するつもりだ。忘れているようだから、いっておいてやるが、われわれは、君たち六人の名前も顔も、全て分かっているんだ。念のために、名前を、いってやろう。元看守の森口亮、金子慶太、剣持隆平、それから、看守時代に知り合った刑務所の囚人、安藤吾郎、戸村新太郎、そして、中沢順一、この六人だ。われわれに、名前も、顔も知られていて、どうやって、逃げるつもりだ？」

「さあ、どうかな」

「今からでも、遅くはない。自首してくれれば、情状酌量《じようじようしやくりよう》するぞ」

「自首しろだって？　バカなことをいいなさんな。まあ、明日、警察が、ガッカリするのを見ながら、俺たちは、全員、逃亡してみせるよ」

犯人は、そういって、電話を切った。

8

翌日の午前十一時ジャスト、犯人から、捜査本部の十津川に、電話が入った。

「今日が、いよいよ最後の取引だ。これから始めるぞ」

と、男の声が、いった。

「残りの五億円を、大久保間歩の安全と、引き換えに、いただくことにする」

「昨日と同じように、軽トラックで、運ばせるのか？」

十津川が、いうと、電話の向こうで、男が、笑い声を立てた。

「昨日は昨日だ。今日は、もう少し、変わったことをする。警視庁は、ヘリを持っているな？」

「ああ、新木場《しんきば》の埋め立て地に、ヘリポートがある」

「今から、一億円ずつ入れた、ボストンバッグ五個を、車で、そのヘリポートまで持っていくんだ。一時間もあれば、ヘリポートまで行けるはずだ」

「ああ、大丈夫だ」

「それでは、一時間後に、あんたの携帯に、電話する」

犯人は、いったん電話を切った。

十津川は、刑事たちと一緒に、一億円ずつ詰め込んだ、ボストンバッグ五つをパトカーに積み込み、サイレンを、鳴らしながら、新木場のヘリポートに、向かって疾走《しっそう》した。

今度は、正午きっかりに、十津川の携帯が鳴った。

「今、どこだ？」

と、犯人が、きく。

「新木場の、ヘリポートにいる」

「それでは、ヘリに、五億円を積み込み、君も一緒に、飛び上がるんだ。そのあとで、次の指示を与えるから、三百メートルで、ホバリングしろ」

と、犯人が、いった。

ヘリに、五億円を積み込むと、十津川は、パイロットに、

「上昇してくれ」

ヘリは、ふわりと、浮かび上がる。そのままますぐに、高度三百メートルまで上昇して、ホバリング。

十津川の携帯に、また、犯人からの、電話が入る。

「今からまっすぐ、西に向かって飛べ」

「もう少し、正確な場所か、目標を、教えてもらいたいな。ただ漠然と、西に向かって飛べといわれても、どこに、飛んでいっていいのかが、分からないぞ」

「では、大阪に向かって飛べ。大阪まで、どのくらいかかる?」

「三時間だ」

十津川に代わって、パイロットが、答えた。

「では、三時間後に、電話をする」

犯人が、いった。

十津川と五億円を乗せたヘリは、まっすぐ大阪に向かった。

ヘリは時速二百キロから二百五十キロ。

十津川は、ヘリの中で、考えた。

犯人は最初に、西に向かって飛べと、いった。西の方向といって、まず、考えつくのは、石見銀山である。

十津川は、機内から、石見銀山にいる亀井に、電話をした。

「今、ヘリに、五億円を積んで、西に向かっている。犯人は、正確な地点をいわず、大阪に向かって飛べ、といっているが、最終的な目的地は、たぶん、石見銀山だ」

「どうして、犯人は、石見銀山を、指示したんでしょうか？　こちらには、島根県警の葛城警部と、部下の刑事六人が、います。それに、私もです。警部も、こちらに、いらっしゃるわけでしょう？　そんなところに、犯人は、なぜ、五億円を、運ばせようと、しているんでしょうか？」

「犯人は、私に、向かって、今日こそ最後の取引だといっていた。われわれは、最後には、犯人を全員逮捕して、十億円の身代金を、取り戻すつもりでいる。犯人だって、それは、分かっているだろうから必死のはずだ」

「必死なのに、なぜ、五億円を、石見銀山まで、運ばせるつもりなんでしょうか？」

「もともと、犯人は、六人だ。そのうちの半分は、石見銀山で、こちらの動きを監視している。残りの三人は、東京にいたが、今日、いや、昨日からかも、しれないが、石見銀山に、行っているのかもしれない」

「残りの五億円ですが、ヘリの上から、警部に、投げ落とさせるつもりではないでしょうか？　それを下で受け取って、犯人たちは、合計十億円を持って、逃亡するつもりですよ」

「おそらく、そんな筋書きだろう。ただ、受け取った後、彼らは、いったい、どこに、逃げるつもりなのか？　犯人たち六人の名前と、顔写真も、われわれが、持っているんだ。どうやっても、逃げ切れないような気がするんだがね。カメさんは、どう思うね？　犯人たちは、どこに、逃げるつもりで、どんな勝算を、持っているんだろうか？」

「確かに、そうですね。どこに、逃げるつもりなんでしょう？」

亀井も、電話の向こうで、首をひねっているらしい。

十津川は、考え込んだ。

犯人たちは全部で六人、最初から、石見銀山を、狙っていた。

世界遺産を狙うのなら、地味な石見銀山よりも、もっと派手で、有名な場所があるはずだ。日光《にっこう》の東照宮《とうしょうぐう》もあるし、宮島の厳島《いつくしま》神社もある。

それなのに、彼らは、最初から、石見銀山を狙っていた。もともと、十億円の身代金が、狙いだから、別に、石見銀山でなくてもいい筈なのだ。

だが、石見銀山にした。

それは、どうしてなのか？

確かに石見銀山は、東照宮や厳島神社に、比べると、爆発物を、仕掛けるのは楽である。夜、坑道に、忍び込んで、坑道内のあちこちに仕掛ければいいのだから。

しかし、彼らが、石見銀山を選んだ理由は、果たして、それだけだろうか？

ひょっとすると、石見銀山は、逃げるのに好都合なのでは、ないだろうか？

十津川は、石見銀山を中心とした、地図を思い浮かべてみた。

十津川は、県警の刑事、葛城警部に案内された温泉津《ゆのつ》のことを思い出した。

温泉津は、情緒のある古びた温泉地で、そこの旅館に、十津川は、亀井と一緒に泊まった。その時、温泉津という町の話を、いろいろと聞いたのである。

昔、温泉津には、石見銀山で、掘り出された銀が、運び込まれた。そこには、港があったからで、更に、温泉津は、山陰屈指の良港だったといわれる。船で、大坂や江戸、あるいは、九州などに、その銀が運ばれていった。

例えば九州から、外国に運ばれていったといわれている。

犯人たちは、最後の五億円を地上で受け取って、温泉津の港まで車で運び、船で、十億円とともに、どこかに、逃亡するつもりでいるのではないか？

「カメさん、聞いているか？」

「ええ、聞いています」

「これは、私の勝手な想像なんだが、犯人たちは、石見銀山にいて、ヘリから、残りの五億円を投下させ、車に積んで、温泉津に、逃げるつもりじゃないのかね」

「温泉津というと、先日、泊まったところですね？」

「そうだ。あそこは昔、屈指の良港で、銀の積出港だったそうだ。残りの犯人たちは、そこに、高速モーターボートと一緒に、仲間が、残りの、五億円を持って到着するのを、待っているのではないか？　その高速モーターボートで、逃亡するつもりじゃないか」

「逃亡するって、どこにですか？」

「おそらく、対馬《つしま》じゃないかと、思うね」

「対馬ですか？」

「そうだよ。対馬からは、プサンへの、連絡船が、ひっきりなしに、出ているから、その連絡船に乗って、韓国に逃げるつもりだと、私は思っている」

「韓国ですか？　そんな近いところに、逃亡ですか？」

「韓国は今、顔の整形が、盛んだそうじゃないか？　彼らは、六人で、十億円もの金を手に入れた。それだけの金があれば、どんな整形だって、可能じゃないかね？　たぶん、韓国で顔を変えて、改めて、ほかの場所に、逃げるのではないかと、考えたんだがね。もちろん、偽造パスポートを使ってだ」

「確かに、その可能性は、ありますね」

亀井が、いった時、犯人からの電話が、十津川の携帯に、割り込んできた。

「もう、大阪に着いたんじゃないのか？」

「ああ。これから、どこに行くんだ？」

「分かっているはずだ。まっすぐ、石見銀山を目指して飛べ」

石見銀山の上空に着くと、今度は、

「銀山街道に沿って、温泉津へ向かえ」

と、犯人が、いう。

「温泉津は、知っているが、銀山街道が分からない」

「石見銀山の北から、海へ向かっている山間の道路だから、すぐ分かる。全行程十二キロ。

歩けば、五時間かかるが、ヘリなら、あっという間だろう。分からなければ、海に向かって飛べ」

犯人が、怒鳴る。

上昇すると、低い山並みの向こうに、海が見え、眼下に、細い道が、見えた。あれが、銀山街道だろう。

その道路に沿って飛ぶと、細長い町並みが見えてきた。山を削って作ったような温泉津の町だった。

次に、港が見えてくる。

岸壁《がんぺき》の近くに、ちょっとした広場がある。

「下に×印が見えるだろう。そこに向かって、一億円入りの、ボストンバッグを五個、全部投下しろ。投げ終わったら、石見銀山にいる、県警の刑事たちに、連絡するんだ。今から、大久保間歩の、爆発物を処理していい。そう伝えろ」

と、犯人が、いった。

ヘリが、港に近づくと、下の広場に、大きな赤い×印が、描いてあるのが見えた。たぶん、犯人は、赤い布を、持ってきて、地面に置いたのだろう。

十津川は、一億円入りのボストンバッグ五個を、次々に投下し、そのあとすぐ、石見銀山にいる、島根県警の葛城警部に、連絡を取った。

「今から、大久保間歩の爆発物を、処理してください。犯人に、約束の身代金を、渡したので、安心して、除去作業が、できるはずです」

十津川は、ヘリで、石見銀山に、引き返し、世界遺産センターの広い駐車場を、見つけると、そこに、着陸してもらった。

一方、犯人たちは、一億円入りのボストンバッグを、五個持って、深い入江のかげに泊めてあるクルーザーのところまで、歩いていった。

前に手に入れた身代金は、すでに、そのクルーザーに、積み込んであった。

「すぐ出航するぞ。急げ！」

リーダー格の森口亮が、仲間に向かって、叫んだ。

「二人いませんよ。中沢順一と、戸村新太郎の二人は、われわれと一緒に、韓国に、行かないんですか？」

自衛隊上がりの安藤が、森口に、きいた。

「あの二人は、どうしても、国内に、留まるといっているんだ。だから、一億円ずつ、渡しておいた。それに、彼等には、警察を牽制《けんせい》してもらいたいと、いってある」

「警察の牽制って、何ですか？」

「あの二人は、猟銃と改造拳銃が、使えるんだ。君は、プラスチック爆弾を、渡してあるんだろう？　もし、俺たちに、何かあれば、警察に対して、復讐《ふくしゅう》をしてくれるはずだよ」

森口が、笑った。

「それでは、出航しよう。俺たちの新しい出発だ」

剣持隆平が、大声でいい、クルーザーのエンジンがかかった。

大型クルーザーは、四人の犯罪者を乗せて、ゆっくりと岸を離れた。

外洋に出るまで、慎重に、進んでいく。その時、前方の島陰から、クルーザーの数倍の大きさの、巡視船が、姿を現した。

巡視船の拡声器から、威圧《いあつ》するような大きな声が、流れてくる。

「そちらのクルーザーに告げる。ただちに、停船せよ。もう一度いう。ただちに、停船せよ。君たちを逮捕する。抵抗すれば、容赦なく銃撃するぞ！」

9

駐車場には、今日も、大型の観光バスが、十数台、それに、自家用車も、三十台くらい停まっている。

石見銀山世界遺産センターの建物も、ほとんど、でき上がっていて、その中で、観光客たちが、記念品を買ったり、食事をしたりしたあと、ガイドの案内で、大森町や、その先の、石見銀山の見学に向かって行く。

食堂の隅で、ほかの、観光客とは、少し様子の違う二人の男が、少し遅い昼食に、ラーメンと、チャーハンを、食べていた。

その一人、戸村新太郎の携帯が鳴った。

三回鳴って、それで、終わりだ。

戸村が、急に、青ざめた顔になって、隣にいる中沢順一に、

「おい、どうやら、仲間が、捕まっちまったらしいぜ」

と、いった。

「よし、それなら、計画通り、ここで暴れよう」

中沢は、置いていたゴルフバッグの中から、ゆっくりと、猟銃を取り出した。

戸村は、仲間の安藤から、渡されていたプラスチック爆弾を、ボストンバッグの中から、取り出した。

念のために、この、世界遺産センターのトイレの中にも、同じ爆弾を、仕掛けておいたのである。

戸村は、小さな発信機を取り出すと、立ち上がって、食堂を出ながら、そのボタンを押した。

途端に、凄《すさ》まじい轟音《ごうおん》を立てて、センターの奥にあるトイレが爆発した。

# 第七章　最後の挨拶

## 1

石見銀山世界遺産センターは、石見銀山と、大森町の入り口にある。

石見銀山の間歩と呼ばれる坑道は、そのまま、見学者のコースに、なっているが、古い町並みの残る大森町も、石見銀山とともに、世界遺産に登録されており、こちらも見学コースである。

外から来た観光客が、自家用車、あるいは、大型の観光バスに、乗ったまま、石見銀山や大森町に入っては、世界遺産が、荒らされる恐れがある。それを防ぐため、石見銀山世界遺産センターで、自家用車や大型観光バスから、降りてもらうことになっていた。

石見銀山世界遺産センターには、大きな駐車場が、三ヵ所も、設けられている。

観光客は、ここで、観光バスや自家用車から降りて、世界遺産センターの中にある、昔の鉱山技術を紹介する展示室や、あるいは、大型スクリーンで、世界遺産、石見銀山のガイダンスを受けたり、休憩をしたり、トイレを使ったりする。その後、ここからは、歩いて、石見銀山や大森町に入っていくか、用意された観光用のマイクロバスに乗り換えて、大森町の古い家並みを楽しんだり、石見銀山で、間歩を、見学したりして、過ごすことになる。

石見銀山世界遺産センターは、三棟からなっていて、ゆっくりと、寛《くつろ》ぐこともできるし、お土産物を買ったり、軽い食事をしたりすることも、できる。

駐車場は三つあり、第一駐車場は乗用車九十九台、バス十三台が駐車できるし、第二駐車場は、乗用車が三十八台、第三駐車場は、乗用車二百五十台が駐車可能となっている。いずれも、無料の駐車場である。

この日も、大型観光バスや自家用車が、三つの駐車場に、ずらりと並んでいる。今日も、観光客が多く、石見銀山世界遺産センターの建物の中にも、たくさんの観光客が、あふれていた。

その世界遺産センターでの爆発だった。

最初に、トイレで爆発があった時は、観光客の多くは、建物のどこかで、事故でも起きたのかと、思っただけだった。

しかし、続いて、展示室の中央で、爆発が起きた時は、世界遺産センターの中が、たちまち、悲鳴、怒号、そしてうめき声であふれていった。

続いて、戸村新太郎と中沢順一の二人が、改造拳銃を片手に走り回り、隠し持ってきた猟銃を、観光客目がけて発射すると、世界遺産センターの中にいた、観光客たちが、どっと建物から飛び出して、広い駐車場の中を、逃げまどった。

その間も、二人は走りながら、用意した爆弾を投げる。閃光《せんこう》、爆発音、そしてまた悲鳴と叫び声。

世界遺産センターの中にいた職員からの通報を受けて、県警の葛城警部と刑事二人が、駆けつけ、ヘリから降りた十津川と、亀井の二人も駆けつけたが、一瞬、何が起きたのか、判断がつかなかった。

世界遺産センターは、爆破されて、火災が起きており、男二人が、拳銃と猟銃を撃ちまくっている。

十津川たちと、県警の刑事たちは、まず、その二人を、拳銃で制圧することから、行動に移った。

こちらは五人、向こうは二人。人数の上では、こちらが圧倒的に有利だが、その二人を制圧するのは、なかなか簡単には、いかなかった。

十津川たちが、駆けつけたのを見て、戸村と、中沢の二人が、駐車場に、飛び出すのをやめて、世界遺産センターの建物の中に、隠れてしまったからである。

建物の中からは、爆発でケガをした人のうめき声や悲鳴が、聞こえてくる。

十津川は、焦った。

一刻も早く、負傷者の手当を、しなければならない。

ほかの刑事たちも、同じことを考えていたらしく、県警の若い刑事が、いきなり、建物の中に飛び込んでいった。

銃の発射音が、二発、三発と続く。中でどうなったのか、分からない。

十津川は、

「行くぞ」

と、亀井に声をかけて、拳銃を手に、爆発の時の火災で、煙が立ちこめている、建物の中に、飛び込んでいった。

姿勢を低くし、透かすように前方を見ると、さっきの若い刑事が倒れている。

その向こうに、倒れているのは、戸村新太郎だろう。

いきなり、煙の中から、銃を撃ってきたのは、中沢順一だった。

それに向かって、十津川と亀井、それに、県警の刑事たちが、一斉に、拳銃を発射した。

煙の中から、中沢が、ふらふらと泳ぐように、こちらに向かってきて、ばったりと倒れた。そのまま動かない。

「これで、犯人は制圧した。あとは、負傷者の救出だ」

十津川は、大声で、怒鳴っていた。

大田市長の坂井、助役の中野、あるいは、資料館館長の中山、ガイドの会会長の西川たちが、息せき切って、駆けつけてきた。

診療所の医者二人も、駆けつけてきた。その一方に、あの、三宅四郎の顔もあった。

もう一人の医者は、診療所の、目黒《めぐろ》という所長で、彼は、十津川に向かって、大声で、

「負傷者が、何人ぐらいいるか、分かりますか？」

「正確な人数は分かりませんがね、三十人以上かな。至急、病院に運ばないと、危ないですよ」

と、十津川が、いった。

坂井大田市長が、そばから、

「大田市立病院には、電話を、かけておきましたから、間もなく、救急車が、到着するはずです」

と、いう。

「しかし、負傷者は、三十人以上いますよ。全員、大田市立病院に運べますか！」

と、十津川が、いうと、

「それは、無理ですよ！」

大田市長がいう。二人とも、大声で怒鳴っている。

診療所の目黒所長は、

「この周辺の病院に、全て、電話してみる必要がありますね。何とか、受け入れてもらわないと、三十人以上の負傷者は、助けられません」

「大田市立病院のほかに、この近くの大きな病院というと、どこにあるんですか？」

亀井が、大声で、目黒所長に、きく。

「ここからだと、近くといっても、松江《まつえ》市や出雲市の病院ということに、なってしまいますよ。広島《ひろしま》の病院にも助けを求めなければならないかもしれませんね」

「そんな遠くから、救急車を呼んでも、時間がかかるでしょう」

「だから、ドクターヘリを呼ぶんですよ」

目黒所長も、怒鳴るように、いった。

ただちに、松江、出雲、あるいは、広島などに、電話連絡がとられた。

診療所の所長と、三宅医師が、爆破された建物の中を歩き回って、負傷者の数を、確認した。

目黒所長は、その後、十津川や葛城、あるいは、大田市長などに向かって、

「負傷者は、三十名を超していますよ。その負傷の程度も、さまざまですから、トリアージの必要が、あります。今から、その作業に取り掛からせてください」

「トリアージって、何ですか？」

県警の刑事の一人が、きく。

「今も申し上げたように、三十人を超す負傷者がいますが、その負傷の程度は、さまざまです。ですから、救急車が来た時に、どのケガ人を、優先的に、病院に運ぶべきかを、事前に、決めておく必要があるんです。それがトリアージです」

所長は、カバンの中から、タグを取り出した。赤、黄、緑、黒の四種類の色のタグである。

「これは、君にやってもらおう」

目黒所長が、三宅に、いった。

「僕にできますか？」

三宅が、ひるんだ表情で、所長に、いう。

所長は、その肩を、荒っぽく叩《たた》いて、

「私より君の方が、新しい医学知識を持っている。君がやらなくて、どうするんだ？　確認しておくが、赤色が最優先、黄色は緊急ではなく、時間をかけても構わない。緑色は、それよりもさらに軽い負傷者。そして、黒色は、すでに、死亡しているか、救命が不可能な人間だ。いうまでもないが、君は、冷静に、私情を交えず、このタグを三十人を超す負傷者に、一枚ずつ、つけていくんだ。とにかく、最初の救急車が来るまでに、その作業を済ませておかなければならないから、そうだな、タイムリミットは、三分、それでいこう」

と、叫んだ。

所長から、四種類の色のタグを渡された三宅は、一瞬、ちらりと、十津川に、目をやった。

今、三宅が、いったい、何を考えたか、十津川には、よく分かった。おそらく、東京での、あの事件のことを、考えたに違いなかった。

あの時も、規模は小さかったが、紛れもなく、トリアージだったのだ。

あの時、十津川は、被害者の三宅よりも、犯人の、横山浩介のほうが、傷が深いと見て、横山のほうを、先に、救急車に乗せてしまったのだ。

そのため、三宅は、片足を失ってしまった。

そのことは、十津川の胸に、ずっと、重くのしかかっていたのだが、片足を失った三宅のほうは、より重く、あのトリアージのことを引きずっているに違いない。

今度は、三宅自身が、自分が救急の度合いを、判定する立場に、立たされてしまっている。

所長から、三分以内にやれといわれて、三宅は、ケガ人であふれている、建物の中を走り回った。

幸い、火災は、下火になっていて、煙も薄れている。

その代わり、はっきり見えるようになった負傷者たちの様子は、文字通り、凄惨《せいさん》を極めていた。

ただ血を流して、うめいている、負傷者もいれば、三宅に向かって、

「助けてくれ、すぐ、病院に行かないと、死んじまうよ！」

と、大声で、怒鳴るケガ人もいる。

三宅は、迷った。

血が流れていたり、うめき声をあげたり、助けてくれと、叫んでいる声を聞くと、倒れている人間全部に、赤いタグを、つけたくなってしまう。

しかし、救急車の到着する時間も、バラバラだし、台数も制限される。どうしても、優先順位をつけなければならないのだ。

それに失敗すれば、助けられる人間を、死なせてしまうことになる。

三宅は、汗をかいていた。

そんな三宅に向かって、目黒所長が、怒鳴りつけた。

「おい、時間がないぞ、もう一分、経った。あと二分で、全員に、ぴったりのタグを取りつけるんだ。早くやれ！」

「僕には、無理かも、しれません」

「バカなことをいうな！　私だって、君が、神様みたいな名医だなんて、これっぽっちも思っていないぞ。だが、今、ここには、君しかいないんだ。君が、タグを取りつけるしかないんだ。とにかく、早くやれ。急がないと、全員が死んでしまうぞ！」

所長が、怒鳴りつける。

ふいに、三宅の足首を、誰かが、つかんだ。

見下ろすと、血だらけの手である。

「助けてくれ」

三十前くらいの男が、かすれた声で、三宅にいう。胸のあたりが、赤く血に染まっている。

男は、三宅の足首をつかんで、放そうとしない。胸から流れ出す血が、止まらない。

三宅が、赤いタグを、取り出そうとすると、

「そいつは、助けなくていいんだ」

怒鳴る声がした。

「そいつは、このセンターを、爆破した犯人なんだ。刑事に撃たれて、当然なんだ。そんなヤツを、助ける必要はない。ほかに、助けなければならない人間が、いくらでも、いるだろう！」

と、男が、怒鳴っている。

その男自身は、たいしたケガではないらしい。

その周辺には、他にも、うめき声を上げている人間が、何人も横たわっている。

犯人らしき男は、三宅の足首を、つかんでいた手から、力がぬけて、だらりとしてしまっている。

（おそらく、このまま、放置すれば、間違いなく、この男は、死ぬだろう）

そう思った時、三宅は、その男の腕に、赤いタグを、つけていた。

## 2

救急車が二台、到着した。

収容できる人数は、一台について二人が限度である。三宅が、赤いタグをつけた犯人の戸村新太郎の他に、観光客三人が、二台の救急車に収容されると、サイレンを鳴らして、大田市立病院へ向かった。

その十二分後に、広島の病院から、ドクターヘリが到着し、駐車場の一角に、着陸した。搭乗しているのは、パイロットと、医者と、看護師の三人。そのヘリは、三人の患者を、乗せることができた。

三宅が、赤いタグをつけた三人が、ヘリに収容された。医者と看護師が、止血をしたり、心電図を取りながら、ヘリは上昇し、広島方面へ消えていった。

松江の方面からも、ドクターヘリが到着した。

そのドクターヘリが、人工呼吸器や酸素ボンベ、それに、モルヒネを、置いていってくれた。

全部で三十人以上を数えた負傷者の中には、すでに、救命の、可能性ゼロという患者もいた。

二人の犯人の、プラスチック爆弾が爆発した時に、ちょうど、そばにいた六十代の男性だった。その男性は、腹部に穴があいてしまっていて、誰の目にも、臨終が、近いことが分かった。

三宅は、苦しむその男に、モルヒネを、注射した。救急車が到着して、それに乗せて運んでも、病院に着くまでの間に、死亡してしまうだろう。救急車に乗せるだけ無駄だろうと、判断したからである。

男の手に、三宅はそっと、黒いタグをつけた。

もう一人、三宅が、黒いタグをつけたのは、犯人の一人、中沢順一だった。中沢は、刑事たちと撃ち合い、六発の銃弾を、胸と腹に受けていた。

脈は弱々しく、声をかけても、返事はない。それでも、三宅は、黒いタグをつけるのに躊躇《ちゅうちょ》した。

この男が、観光客だったら、黒いタグをつけるだろうかと考えたり、犯人でも、もう少し、慎重に診《み》るべきだと、考えてしまうからだった。

しかし、時間がない。決心して、黒いタグをつけたあと、念のために、もう一度、脈を診て、それが、停止していると知って、思わず、ほっとしたりした。

ドクターヘリ以外の普通のヘリも、飛んできた。そのヘリが、運んでくれたのは、点滴用具と点滴液だった。

目黒所長は、診療所から、看護師二人を呼んで、世界遺産センターの、建物の中に、ベッドと点滴液を吊るす点滴用具を設置し、次の救急車とドクターヘリが、来るまでの間、瀕死《ひんし》の患者に対して、点滴を、施すことにした。

「全員に、タグを取りつけたか？」

目黒所長が、三宅を見た。

「終わりました」

「そうか、ご苦労」

「しかし、僕には、自信がありません」

青白い顔で、三宅が、いった。

「どこが、自信がないんだ？」

「僕が、つけるべきタグを、間違えてしまうと、助かる人が、死んでしまうケースが、生じるわけです。だから、自信がないんです。ひょっとして、僕は、死ななくてもいい人を、殺してしまうかも、しれません。それが、恐ろしいんです」

三宅は、声を、震わせた。

「しかし、うっかりミスで、タグの種類を、間違えた、わけじゃないんだろう？　どうなんだ？」

「それはありません」

「それならいい」

「でも、僕は、間違った判断を、下してしまったかもしれません。それが恐ろしいんです」

「君は、自分で、判断したんだ。それでいいんだよ。絶対に間違えないといったら、神様しかいないだろう。君は、間違ってなんかいないんだ」

「そういっていただけると、何だか、ホッとします」

「それにしても、救急車と、ドクターヘリの到着が、遅いなあ」

目黒所長は、わざと、注意を別の方面に向けて、舌打ちした。

確かに、救急車とドクターヘリが、到着はしているのだが、患者を運んでいってしまうと、また、空白の時間が、生まれてしまう。

まだ、たったの十人しか、運んでいないのだ。

負傷者のうめき声が、だんだんと大きくなってくる。その声が、聞こえなくなったら、その負傷者は、死んだと、思っていいだろう。

十津川は、うめき声を、あげている負傷者を見ているのが辛くなって、建物から出てしまった。

亀井も、後から、十津川に続いて、駐車場に出てきた。

「意外に、時間がかかりますね」

亀井が、空を見上げて、いった。

頭上には、青空が広がっているが、ドクターヘリの機影は、見えてこない。

代わりに、救急車のサイレンが聞こえてきた。大田市立病院から、再び、二台の救急車が戻って来てくれたのである。

しかし、一度に、二人ずつのケガ人しか、運ぶことができない。軽傷者ならば、一台に、三人も四人も、詰め込めるだろうが、プラスチック爆弾の爆発によって、負傷した人々である。

あとは、犯人に撃たれた人々である。

二台の救急車が、大田市立病院に向かって、走り去ると、また、空白の時間が、始まった。

「どうして、こんなに、時間がかかるんですかね」

亀井は、明らかに、腹を立てていた。

しかし、その怒りは、どこにも、向けようのない、怒りでもあった。

この石見銀山の近くで、設備の整った病院といえば、唯一、大田市立病院しかないのである。そこに、すでに、二回も二台ずつ、救急車で患者を搬送している。これ以上の受け入れを、大田市立病院に、要請するのは、無理だろう。

そうなってくると、あとは、遠い所の病院に、患者を、受け入れてもらうしかないのだ。

十津川は、ポケットから、この周辺の地図を取り出し、広げた。

「どうしたんですか？　その地図」

「今、県警の刑事に、もらったんだ」

と、十津川が、いう。

一目瞭然《いちもくりようぜん》に分かる、石見銀山を中心にした、地図である。

いちばん近い都市といえば、松江市と出雲市になってしまう。あとは、南に下がって、広島市ということになる。

その広島と松江からも、ドクターヘリが、飛んできてくれたのだが、後が、続かない。

やっと、松江の病院から、二度目のドクターヘリが飛来し、駐車場の一角に着陸する。

皆で力を合わせて、そのヘリに、三人の負傷者を乗せる。

ヘリが、飛び立っていく。

「まだ、これで、やっと十七人ですよ」

県警の葛城警部は、そばにきて、十津川にいった。

「そうなると、残るのは、何人ですか？」

「まだ、十五人残っています」

次には、広島の病院から、ドクターヘリがやって来て、二回目の飛来になった。

その時、建物の中で、ケンカが、始まった。

十津川たちは、急いで、中に戻った。

怒鳴っているのは、若いカップルの、男のほうだった。

連れの女は、床に横たわったままである。

「どうして、彼女より、そっちの男を、優先させるんだ？　どうして、彼女を、助けてくれないんだ？」

若い男が、盛んに、大声で、怒鳴っている。

この世界遺産センターの中では、テレビの大型画面で、石見銀山の解説や歴史を、映し出しているのだが、どうやら、そのテレビ画面を見ている時に、爆発が起きたらしい。爆発の近くにいた女のほうが、負傷してしまったのだ。

十津川が、横たわっている彼女の、腕を見ると、そこにあったのは、赤色のタグではなくて、黄色のタグだった。

黄色は、緊急を、要さない患者の印となっている。だから、ドクターヘリでやって来た、医者と看護師は、彼女の代わりに、六十代の男を、優先的に、ヘリに乗せようとしているのだ。

その男には、最優先を示す、赤いタグがつけてあった。

その時、三宅が、急に、その前に、立ちふさがって、

「ちょっと待ってください」

ヘリの医者と看護師に向かって、大きな声で、叫んだ。

「何を待つんですか？」

と、医者が、いう。

ドクターヘリで、広島から飛んできたのは、経験の乏しい感じの若い医者だった。医者も、殺気立っている。

「この赤いタグをつけたのは、あなたじゃないんですか？」

「確かに、僕ですが、もう一度、診せてくれませんか？」

三宅がいうと、ヘリで来た医者は、

「いったい、どうするんですか？」

「とにかく、もう一度、診たいんです。お願いします」

「今になって、そんなことをいったら、困りますよ。赤いタグをつけたのは、あなたでしょう。そんなに、自分の診断に、自信がないんですか？」

咎《とが》めるように、きく。

「こちらの若い女性と、この六十代の男性と、どちらが緊急を要するかを、もう一度、診断してみたいんです」

三宅も、語気を強める。

ヘリの医者は、ますます、苛立っていく感じで、

「そっちの若い女性は、黄色い、タグじゃありませんか？　当然、こっちの男性のほうを優先するんだ」

「ちょっと待て！」

今度は、女の連れの男が、怒鳴った。

「俺の彼女を、先に、病院へ運んでくれ！」

と、怒鳴る。

「しかし、君の彼女は、黄色のタグなんだよ。つまり、緊急の治療を、施さなくても、大丈夫なんだ」

「そんなことはない。よく、見ろよ。血だらけで、声も、出ないじゃないか？　どうして、そんな彼女を、助けずに、次に回すんだ？」

ますます、連れの若い男は、声を荒立ててくる。

その時、診療所の、目黒所長が、飛んできた。

所長は、ヘリの医者と、看護師に向かって、

「その患者を、早く、ヘリで運んでください。お願いします」

と、声をかけた。

「いいんですね、それで？」

ヘリの医者が、いう。

看護師は、六十代の男を、担架に乗せて、外に運んでいく。

「我慢できないぞ！」

突然、連れの男が叫び、いきなり、目黒所長に、殴りかかった。

不意をつかれて、目黒所長が、転倒する。

それを、止めようとした三宅に向かって、男が、二発目の拳《こぶし》を、ふるった。

三宅も、床に転倒してしまう。

十津川は、男を背後から羽交《はが》い締《じ》めにした。

「おとなしくしてください。負傷して、苦しんでいるのは、あなたの彼女だけじゃないんですよ」

十津川は、男の腕を放さずに、いった。

男が、じろりと、十津川をふり返った。

「あんたも医者か？」

十津川が、苦笑して、

「私は、警視庁捜査一課の刑事だ」

「刑事のくせに、俺の彼女の、ケガの程度が分かるのかよ」

男は、からんでくる。

「私には分からないが、ちゃんとした、医者が、判断しているんです。その医者の判断に、従いなさい」

「その医者が、間違っていたら、どうするんだ？」

男の声が、また、大きくなった。

「君だって、医者じゃないだろう？」

十津川が、いう。

「もし、俺の彼女の手当が遅れて、死んだらどうするんだ。あんたが、責任を取ってくれるのか？」

「とにかく、ここでは、医者の指示に、従いなさい」

十津川も、少しばかり、声を荒らげてしまった。

3

同じような争いが、ほかの場所でも、起きていた。

特に、倒れて、救助を待つ人間が、自分の妻、あるいは、夫や恋人だったりすると、必死で、一刻も早く、病院で、手当をしてもらおうと考える。それが、遅れると、非難は当然、タグをつけた、三宅に向かうのだ。

奥では、中年の夫婦の夫のほうが、倒れてうめいていた。妻のほうが、土産物を買おうとして離れている間に、夫がいた展示室で、爆発があって、夫が、負傷をしてしまったのである。

倒れている夫のタグは、黄色である。

妻が、三宅に、食ってかかった。

「外見だけで、判断しないでください。主人は、一見、軽傷のように、見えるかもしれないけど、もともと、心臓が弱いんですよ。爆発のショックで、私は、ケガよりも、主人の心臓のほうが、心配なんです。ですから、次に救急車か、ヘリが来たら、真っ先に、主人を乗せてください。お願いします。このまま放置していると、心臓発作で、死んでしまうかもしれません」

三宅は、倒れている男の顔を見て、

「この人は、心臓も、調べています。大丈夫ですよ」

と、男の妻に、いった。

「でも、どうやって、調べたんですか？　心電図でも、取ったんですか？」

「心電図は取っていません。ここには、そんな設備は、ありませんから。でも、脈を取って、問診したりしていますから、大丈夫ですよ」

「どうしても、主人を、優先的に運んでくれないのなら、私が、自分の車で、近くの病院まで運びます」

と、妻が、大声で、いう。

「そんな無茶なことをしたら、それこそ、本当に、ご主人は、死んでしまいますよ。今は、動かしちゃいけないんです。だから、救急車か、救急ヘリが来たら、運ぶようにしてください」

三宅が、いった。

やっと、出雲から、救急車が到着した。三台の救急車だが、それでも、六人しか、赤いタグをつけた患者を、運ぶことができない。

この時も、若いカップルの、女のほうは、タグが黄色なので、救急車に、乗せることができなかった。

カップルの男のほうは、何か、口の中で、ブツブツといっていたが、突然、ナイフを取り出すと、三宅に、切りかかった。

それに、気づいた亀井刑事が、とっさに、その男に、体当たりしていった。

男が、ナイフを持ったまま、床に転がる。

亀井は素早く、男の手から、小さなナイフを取り上げた。

男は急に、床にしゃがみこむと、

「ちくしょう、ちくしょう」

と、叫びながら、突然、泣き出してしまった。

陽が落ちても、救援作業は、続いた。

とにかく、救急車や、ドクターヘリが、到着する間隔が、長いのである。その時間が長くなれば長くなるほど、全員が、くたびれてくる。精神的に、疲れてしまうのだ。

深夜になっても、救急車の到着を待って、一人二人と、負傷した観光客を、松江や出雲の病院へ運んでいった。

夜が明ける頃になって、やっと、最後の一人を、救急車が、病院に、運んでいった。

誰もかれもが、疲れ切っていた。

十津川たちは、負傷者が、運ばれていった病院と、絶えず連絡を取っていたが、赤いタグをつけられて、運ばれていった負傷者のうち五人が、緊急手術を受けたと、知らされた。

その後の連絡で、五人とも助かりそうだと聞いて、十津川は、ホッとした。

大森町の人たちが、十津川や葛城警部、それから、大田市長などに、炊き出しをしてくれた。

三分の一ほど、焼け落ちてしまった世界遺産センターの中で、やっと朝食を取ることができた。

食事の途中で、十津川は、海上保安庁に、電話をかけた。

犯人たちが、温泉津温泉の港から、クルーザーで、逃げようとしていた。

その後、どうなったか、十津川は、報告を受ける前に、爆破事件に巻き込まれてしまったのだ。

「犯人たち四人が、クルーザーで、温泉津港を出て、外洋に、向かうところを、海上保安庁の、巡視船が、船ごと、彼らを、逮捕しました。八億円の現金も、こちらで確保しています」

海上保安庁の、担当者が、答えてくれた。

「ありがとうございます」

と、十津川がいうと、相手は、

「こちらで、逮捕した四人の犯人ですが、ほかにも二人、仲間がいるといっていました。その二人は、現在、どうなっていますか？」

と、きく。

「その二人ですが、こちらで爆破事件を起こして、一人は死亡、一人は、入院しています。後者は、体が回復次第、逮捕するつもりでいます」

と、十津川が、いった。

「こちらでは、昨日、石見銀山の世界遺産センターの中で、爆発があったと聞いているんですが、それは、二人の犯人が、起こしたんですね？」

「ええ、その通りです。二人の犯人が、世界遺産センターの建物に、プラスチック爆弾を、仕掛けて、爆発させたんです。負傷者が三十人を超え、出雲や松江、そして、広島などの大病院から、ドクターヘリに来てもらったり、あるいは、救急車を呼んだりして、全員を、病院に運び、入院させましたが、二人が死亡しています」

と、十津川は、いった。

夜が完全に明けると、マスコミが殺到し、十津川は、坂井大田市長と、二人で、記者会見を、することになった。

まず、大田市長の坂井が、世界遺産になった石見銀山と、大森町についての基礎的な説明をし、記者からの質問を受けた後、事件については、十津川が、説明することになった。

三人の刑務所の元看守たちが、それぞれ、その刑務所で、知り合った囚人の男三人と一緒になり、石見銀山に、爆発物を仕掛けて、十億円を、要求したこと。

六人の犯人たちの中の二人が、この石見銀山世界遺産センターに、爆弾を仕掛けて、爆発させたこと。

そのため、多数の負傷者を、出したが、今のところ、死亡者は二人で、あとの三十二人は病院で、手当を受けていることを、説明した。

「私たち警視庁捜査一課の刑事は、県警の葛城警部たちと協力して、犯人を逮捕することができました。これには、海上保安庁の協力も受けております。犯人六人のうちの一人は死亡、もう一人が、大田市立病院に入院中ですが、体が回復次第、逮捕する予定であります」

十津川が答えた後、今度は、新聞社の社会部の記者が、

「こちらで調べたところ、犯人たちが、石見銀山世界遺産センターを爆破した時、何人もの負傷者が、出た。その負傷者を、病院に運ぶために、いわゆる、トリアージがあったと聞いているのですが、実行したのは、いったい、どなたですか？　その医師の方に、二、三、質問したいことがあるんですよ」

と、いった。

最初、三宅は、尻込みしていたが、所長に、背中を押されるようにして、立ち上がり、

「私が、診療所の、目黒所長とともに、今回のトリアージを行いました」

「トリアージで、いちばんの問題は、四種類の色のタグを、医師の判断で、負傷者につけていかなければならないことだと、聞いているのですが、今回も、大変でしたか？」

と、記者が、きいた。

「確かに、それが、いちばんの問題でした。正直いって、震えました」

「震えたという、理由は、何ですか？」

「今、記者さんが、いわれたように、四種類の色のタグがあって、赤は、最優先に治療を受けさせるべき人、黄色は、緊急治療を受けなくてもいい人、緑色は、それよりももっと軽い患者、そして黒は、すでに死亡している人、または救命が不可能な人、そういう基準

で、つけることになっています。この中で、問題になるのは、赤か黄色かということです。私が、赤いタグをつければ、その人が優先的に、病院に、運ばれていきますが、私が、判断を間違えて、黄色いタグをつけてしまうと、その人は、後回しに、されてしまいます。その人が、私の間違いのせいで、亡くなってしまえば、私が、一人の人間の命を奪ったことになってしまいますから、その責任を、感じて震えてしまったのです」

「前にも、トリアージに、参加した経験があるんですか？」

と、もう一人の記者が、きいた。

一瞬、三宅は、考え込んでしまったが、

「実は、以前、私自身が、トリアージにあったことがあるんです。私は、その時、犯人に撃たれて、負傷していました。犯人も負傷していたんですが、そのとき、犯人のほうが緊急と判断されて、私よりも先に、病院に、運ばれました。私は後回しにされて、そのために、左足を失ってしまったんです。正直いって、その時は、治療順位判断《トリアージ》をした人を、恨みました。それが今回、私自身が、タグをつけるという立場になって、あの時の、判断を下した人の苦しみが、やっと、分かったんです。それほど、トリアージというのは、難しいことなんです。それが、今回のことで、よく、分かりました」

## 4

事件の後始末のために、時間が必要だった。

その間、十津川と亀井は、現地に残った。

二人の犯人、戸村新太郎と、中沢順一は、仲間が、逮捕されたと知って、腹を立て、石見銀山世界遺産センター内で、プラスチック爆弾を何発か爆発させ、最後に、刑事たちと銃撃戦を展開した。

そのため、三十四名が負傷し、トリアージが発動された。

黒いタグがつけられた負傷者は、二名。二人とも、救急車で運ばれることもなく、現地で亡くなった。一人は、六十代の男、もう一人は、犯人の中沢順一である。

他の三十二人は、救急車、ドクターヘリで、運ばれたが、運ばれた先は、大田市立病院、松江、出雲、そして、広島の病院である。

二人の犯人が、爆発させたプラスチック爆弾は、合計七発。負傷者が出た他、世界遺産センターの三分の一が、破壊され、焼失した。

完全修復するためには、五十億円が、必要だといわれている。十津川は、思い立って、例の身代金に使った十億円を、世界遺産センターの修復に、寄付して貰うよう、三上刑事部長を通して、総監に要請してほしいと、話した。

石見銀山では、一日だけ、休み、世界遺産センターの応急修理をすませ、次の日には、オープンした。

事件のことがあるので、関係者は、全員、観光客が、減るのではないかと、心配したが、その不安は、杞憂《きゆう》だった。以前よりも、観光客の数は、増えたのである。

それを確認してから、十津川と亀井は、石見銀山を、去ることになった。

二人は、坂井大田市長に会い、帰京することを告げた。

坂井は、十津川と握手をした後、

「実は、十津川さんに、一つだけ、お願いがあるんですよ」

と、いう。

「私にできることなら、どんなことでも、いってください」

と、十津川がいうと、坂井は、

「十津川さんは、ずっと、大田市を、オオタ市といわれていた。事件の最中なので、別に、訂正もしませんでしたが、本当は、オオタ市ではなくて、オオダ市なんです」

と、いった。

この作品はフィクションであり、実在の個人・団体・事件などとは、いっさい関係ありません。（編集部）

二〇〇八年十月　講談社ノベルス刊
二〇一一年十月　講談社文庫刊

光文社文庫

長編推理小説
十《と》津《つ》川《がわ》警《けい》部《ぶ》 トリアージ 生《せい》死《し》を分《わ》けた石《いわ》見《み》銀《ぎん》山《ざん》

著 者 西《にし》村《むら》京《きょう》太《た》郎《ろう》

2019年8月20日 初版1刷発行

発行者 鈴 木 広 和
印 刷 新 藤 慶 昌 堂
製 本 ナショナル製本

発行所 株式会社 光 文 社
〒112-8011 東京都文京区音羽1-16-6
電話 (03)5395-8149 編 集 部
8116 書籍販売部
8125 業 務 部


ISBN978-4-334-77892-7 Printed in Japan



組版 萩原印刷

Nishimura Kyotaro ◆ Million Seller Series

# 西村京太郎
# ミリオンセラー・シリーズ

## 8冊累計1000万部の
## 国民的ミステリー!

寝台特急《ブルートレイン》殺人事件

終着駅《ターミナル》殺人事件

夜間飛行《ムーンライト》殺人事件

夜行列車《ミッドナイト・トレイン》殺人事件

北帰行《ほっきこう》殺人事件

日本一周「旅号《ミステリー・トレイン》」殺人事件

東北新幹線《スーパー・エクスプレス》殺人事件

京都感情旅行殺人事件